编委会

顾问：

李润田　王才安　孙培新　王文金　张秉义　关爱和　娄源功

编委会主任：

卢克平　宋纯鹏　张锁江

编委会副主任：

谭　贞　张宝明　季　波　许绍康　孙君健　孙功奇　杨朝阳
王学路　冯淑霞　傅声雷　张立新

编委会委员：（按姓氏拼音排序）

蔡　军　程遂营　丁翼虎　冯淑霞　傅声雷　洪　浩　桓占伟
姬志闯　季　波　孔令刚　李永鑫　卢克平　苗长虹　祁琛云
任东景　宋丙涛　宋纯鹏　孙功奇　孙君健　谭　贞　王鹏飞
王思琦　王性玉　王学路　武新军　席卫权　许绍康　杨朝军
杨朝阳　杨光辉　杨国安　于华龙　展　龙　张宝明　张大超
张立新　张锁江

丛书主编：

孙君健

执行主编：

展　龙　杨国安　桓占伟

副主编：

丁翼虎　孔令刚

"夷门传薪学人传"丛书

丛书主编　孙君健
执行主编　展　龙　杨国安　桓占伟

夷门传薪学人传

谢瑞阶

姜春辉　著

河南大学出版社
·郑州·

图书在版编目(CIP)数据

谢瑞阶 / 姜春辉著. --郑州:河南大学出版社,2022.7
("夷门传薪学人传"丛书 / 孙君健主编)
ISBN 978-7-5649-5268-6

Ⅰ.①谢… Ⅱ.①姜… Ⅲ.①谢瑞阶-传记 Ⅳ.①K825.46

中国版本图书馆 CIP 数据核字(2022)第 148679 号

夷门传薪学人传　谢瑞阶
YIMEN CHUANXIN XUEREN ZHUAN　XIE RUIJIE

责任编辑	仝一帆
责任校对	王丽芳
封面设计	翟淼淼
出版发行	河南大学出版社
	地址:郑州市郑东新区商务外环中华大厦 2401 号
	邮编:450046　电话:0371-86059701(营销部)
	网址:hupress.henu.edu.cn
排　　版	郑州市今日文教印制有限公司
印　　刷	河南瑞之光印刷股份有限公司
版　　次	2022 年 7 月第 1 版　　印　次　2022 年 7 月第 1 次印刷
开　　本	889 mm×1194 mm 1/32　印　张　4.375
字　　数	92 千字　　　　　　　　定　价　20.00 元

版权所有·侵权必究
本书如有印装质量问题,请与河南大学出版社营销部联系调换。

述往事思来者根在夷门

（总序）

　　夷门，是一个比开封还古老的名字。

　　夷门是战国魏都城的东门，因城门修在夷山之上，故名。

　　夷门最早的故事与魏公子无忌有关。无忌为战国时期魏国第五任君主魏昭王的小儿子。魏昭王去世后，无忌同父异母的哥哥圉继承王位，是为安釐王。安釐王封无忌于信陵（今宁陵），是为信陵君。信陵君的第一个故事是养士辅政。其时，魏国在与秦国的对抗中，处在不利地位。信陵君仿效齐之孟尝君、赵之平原君、楚之春申君的辅政方法，养士三千，诸侯因此不敢加兵于魏十余年。七十岁的夷门看守人侯嬴与屠夫朱亥，均为信陵君礼贤下士所交好友。信陵君的第二个故事是窃符救赵。公元前257年，秦围赵都城邯郸，赵王的弟弟平原君求救于魏。魏王派晋鄙率兵十万，到达邺地。但迫于秦威，止步不前。信陵君听取侯嬴之计，窃取虎符，与朱亥前往邺地。在晋鄙对虎符有疑时，朱亥椎杀晋鄙。信陵君率兵救了赵国。侯嬴在信陵君到达邺地时，自刎于夷门。

　　窃符救赵的故事发生一百余年后，司马迁寻访战国争雄的史迹，来到夷门。对千金一诺、侠义热血故事颇有兴趣的司马迁，在《史记·魏公子列传》中做了上述精彩描述，扣人心弦犹如小说家言。信陵君事迹很多,司马迁只记礼士与救赵;信陵君在魏养士三千,详写的只有侯嬴与朱亥。传记的结尾,意犹未尽,作者再次称赞信陵君不耻下交的礼士精神:"吾过大梁之墟,求问其所谓夷门。夷门者,城之东门也。天下诸公子亦有喜士者矣,然信陵君之接岩穴隐者,不耻下交,有以也。名冠诸侯,不虚耳。"仁而谦恭,礼贤下士,成就大业。这是夷门叙事的第一重启示。

公元前99年,司马迁为李陵事获罪,受腐刑,因著书事业而隐忍苟活。受刑的第二年,朋友任安写信询问情况,司马迁写下了传诵千古的《报任安书》,完整描画了一个知识人最高最完美的理想:"近自托于无能之辞,网罗天下放失旧闻,考之行事,稽其成败兴坏之理,……凡百三十篇。亦欲以究天人之际,通古今之变,成一家之言。"据此话推定,《史记》已大致完成。今传《史记》有《太史公自序》,其有感于自己身世,而追述中国历史中圣贤发愤著述的传统:"昔西伯拘羑里,演《周易》;孔子厄陈、蔡,作《春秋》;屈原放逐,著《离骚》;左丘失明,厥有《国语》;孙子膑脚,而论兵法;不韦迁蜀,世传《吕览》;韩非囚秦,《说难》《孤愤》;《诗》三百篇,大抵圣贤发愤之所为作也。此人皆意有所郁结,不得通其道也,故述往事,思来者。"这种圣贤发愤著述的传统,是司马迁完成《史记》的支撑力量,也化为以立言为志的中国士人生生不息的精神资源。"究天人之际,通古今之变,成一家之言"与"述往事,思来者",共同成为读书人立言著述的最高理想。身为记述唐尧以来中国历史的史官司马迁,历史上却没有留下他本人卒年的记载。近代王国维考证,司马迁大约卒于汉武帝末年。勤奋于"述往事,思来者"之业,究天地之际,通古今之变,成一家之言,燃烧自我之身,不计身后之名。这是夷门叙事的第二重启示。

公元960年,北宋政权以开封为都城建立,从而创造了继唐代后又一个统一王朝的辉煌时代。此时距司马迁《史记》成书,已过去千年。夷门不在,夷山依旧。夷山之上,北宋皇祐元年(1049年)建起了开宝寺塔。塔体外立面均为褐色琉璃砖,浑似铁铸,民间俗称"铁塔"。1912年,铁塔南麓,建立了一所大学——河南留学欧美预备学校(今河南大学前身)。河南大学的学生均以"铁塔牌"自称。铁塔成为这所大学毕业生最早的logo(标签)。当年椎杀晋鄙的朱亥,因窃符救赵之功,被授相印,其封地原名聚仙镇,在北宋末,改称朱仙镇。岳飞抗金,取得朱仙镇大捷,也终没有挽救北宋王朝的命运。北宋的成功,在文治而不在武功。20世纪40年代,陈寅恪为邓广铭《宋史职官志考正》作序,有"华夏民族之文化,历数千载之演进,造极于赵宋之世"的称赞。一个以唐史研究见长的史学家,推重赵宋文化,绝非偶然。赵宋时期城与市合一,不需要再像《木兰辞》所言那样"东市买骏马,西市买鞍鞯"。城与市合一的开封,勾栏瓦肆林立,充满着人间烟火气。唐宋以来实行的科举制度,使寒族子弟也可以像世家子弟一样,通过个人的努力,通达社会与文化上层。读书人生气聚集之时,赵宋时期出现了士大夫阶层。士大夫具有超越特定族群、特定利益阶层的历史眼光和宽阔胸怀。祖籍大梁的北宋大儒张载不失时机提出的"为天地立心,为生民立命,为往圣继绝学,为万世开太平"的"横渠四句",成为新兴士大夫群体理想抱负的经典表达。士大夫群体的思想文化创造力活力四射,宋代理学家、史学家、文学家、音乐家、书法家、艺术家层出不穷,群星灿烂,造诣均达极高水平。宋代理学家将儒释道合一,重建儒学体系。新的儒学体系高扬道德的旗帜,以修齐治平调节士人人生期待,以伦理纲常整饬社会秩序。陈寅恪称赞欧阳修晚年所撰《五代史》的功劳在"贬斥势利,尊崇气节,遂一匡五代之浇漓,返之淳正。故天水一朝之文化,竟为我民族遗留之瑰宝。孰谓空文于治道学术无裨益耶?"五四运动过后二十余年,在抗战的炮火中,陈寅恪坚信造极于赵宋之世的华夏文化,本根未死,终必复振。理想、信念、毅力、气节,是读书人的禀赋;立心、立命、继绝学、开太平,为读书人的价值与责任。以治道学术服务国家人民,乃读书的正途与根本。这是夷门叙事的第三重启示。

北宋时期的国子监所在地位于现在的龙亭一带。明代这里辟为周王府。清初,河南贡院一度迁至辉县百泉,清顺治十六年(1659年)河南贡院在周王府旧址修建。因地势低洼积水,雍正九年(1731年)河南贡院迁至夷山南隅。1841年黄河发水,拆河南贡院房舍防洪,第二年重修,新建号舍万余间。1900年的庚子事变,北京用于国家会试的贡院被毁,河南贡院因房舍完好、交通便利,而在1903、1904年成为科举会试所在地。1905年废除科举,河南贡院就成为上千年科举制度的终结地。1912年,河南有识之士在河南贡院的校舍上创办河南留学欧美预备学校,1923年改建为中州大学,1930年易名省立河南大学。因此,从这套丛书的一个人物林伯襄1912年担任河南留学欧美预备学校的校长开始,河南大学叙事便与夷门叙事有了交集,夷门叙事所体现出的精神基因便在河南大学传承延展。与时俱进,百折不挠,在国家、民族站起来、富起来、强起来的百年沧桑中,河南大学以振兴教育、培养人才服务于民族自立、国家复兴和区域发展,成为中原大地高等教育的一棵参天大树。参天地之化,养浩然正气,育万千桃李,以教育报国。此为夷门叙事的第四重启示。

在河南大学迎来110周年校庆之际,学校编写出版"夷门传薪学人传"丛书,嘱我为序。在准备出版的二十多种学人传中,有在河南大学发展的重要节点上做出了重大贡献的主政者,绝大多数是在学校发展的不同时期在学术进步、人才培养方面成绩突出的教授。名人有言:"大学者,非谓有大楼之谓也,有大师之谓也。"这些学者教授就是河南大学的大师。河南大学建立110年来,对国家、对民族的贡献,大部分是通过一代又一代心系桑梓、植根教育的千千万万教育工作者实现的,上述学者教授是千千万万教育工作者的代表。在河南大学这所百年名校中,"究天人之际,通古今之变,成一家之言"的学术创新是他们完成的;"为天地立心,为生民立命,为往圣继绝学,为万世开太平"的学术理想是他们实践的;"参天地之化,养浩然正气,育万千桃李,以教育报国"的百年辉煌是他们参与创造的。这是河南大学110年校庆要编辑出版"夷门传薪学人传"丛书的唯一理由。

有形夷门在司马迁生活的时期已经颓毁,而无形的夷门,留在司马迁的《史记》中,留在宋儒的横渠四句中,留在科举旧地与新式教育的交接中,留在河南大学生生不息的生命意志中。

在河南大学建校110年之际,河南大学的注册地移至郑州,但河南大学的办学精神,已经融入河南大学的基因与血脉之中。河南大学从留学欧美预备学校的成立,到今天的"双一流"建设,何尝不是河南有识之士与黄河儿女的"发愤"之作!国家兴亡,匹夫有责,读书人更有责。司马迁"发愤","述往事,思来者"而著"史家之绝唱,无韵之离骚";河南大学"发愤","述往事,思来者"而有发展进步的大手笔、大思路。让我们为之共同奋斗。

放眼寰宇的河南大学,根在夷门。

关爱和

2022年7月

(作者为河南大学教授、博士生导师,中国近代文学学会会长。曾任河南大学校长、党委书记。)

目 录

引　言 ……………………………………（ 1 ）
第一章　半耕半读之家 …………………（ 3 ）
　一、清代末期出生 ………………………（ 3 ）
　二、封建制度印象 ………………………（ 7 ）
第二章　求艺研学之路 …………………（ 11 ）
　一、实业救国学桑 ………………………（ 11 ）
　二、患病休学在家 ………………………（ 13 ）
　三、画谱引发兴趣 ………………………（ 15 ）
　四、"造假"专心学画 ……………………（ 16 ）
第三章　开启教育生涯 …………………（ 21 ）
　一、开封母校任教 ………………………（ 21 ）
　二、改革教学方法 ………………………（ 31 ）
　三、筹建开封艺校 ………………………（ 34 ）
　四、"我是一个教师" ……………………（ 40 ）
第四章　专业创作随行 …………………（ 49 ）
　一、西洋画创作 …………………………（ 49 ）
　二、中国画创作 …………………………（ 56 ）
　三、书法创作 ……………………………（ 93 ）
　四、诗文创作 ……………………………（102）

第五章　黄河赤子之心 …………………………（111）
附　录：谢瑞阶主要艺术作品年表 ……………（125）
后　记 ………………………………………………（132）

引 言

谢瑞阶(1902—2000),初名炳(丙)灼,曾用名谢宝树,号就简老人,笔名黄河老人。他是20世纪河南文艺界的重要代表人物之一,中国现代著名国画家、书法家、教育家;从事书画创作和艺术教育近六十年,1956年加入中国共产党,曾任开封艺术学校校长、河南省文联副主席、河南省美术家协会主席、河南省书法家协会主席、中国文联委员、中国美术家协会理事、中国书法家协会理事、全国政协委员等。他的人生经历,无论是过去还是现在都给人以特别的启示。

谢瑞阶

他出身半耕半读之家,生活在旧社会。

他罹患眼病导致左眼失明,休学在家却意外与绘画结缘。

他痴迷绘画,"假造"推荐信,踏上艺术之路。

他投身教育事业,热爱教育事业,以教书教人传正道自勉,把育人作为教育根基并持之以恒。

他处在体制变更的年代,却不守旧,积极接受新思想,以自己高尚的人品、艺德和高超的艺术造诣,赢得了人们的尊敬。

他执着黄河,表现黄河,笔下的黄河,气势磅礴,笔力雄健,在我国山水画中独树一帜。

他常讲"立品","这里所说的品,既指人品,又指书品。书家,应有高尚的道德品质,正派的书写气质。所谓的书品气派,就是指书法作品应该让人看后得到的感染是良好的,愉悦的,纯洁的,即作品气质庄重而不轻薄,高尚而不放荡,以功力制胜而不哗众取宠;所谓人品高尚,即做人不搞江湖那一套,相反,应体现出质朴端庄的思想情操"①。

他全心全意为人民服务,为中华振兴努力奋斗,表现出崇高的情操。在艺术上,他勤勉敬业,苦学不辍,博采百家,探索创新,山水、人物、花鸟绘画及书法都达到了空前的水平。尤其是他的山水画,在运用中国画技巧反映现实题材上做出了可贵的贡献,被评论界誉为社会主义时代山水画的里程碑。

他走过的每一步都成为人生精进的基石,最终从平凡到"杰出典范",成为一位"黄河赤子"。

翻开本书,看谢瑞阶如何从旧社会脱离,以一种坚韧的精神,诠释一颗黄河赤子之心。

---

① 王钢:《如坐春风:王钢人物报道集》,河南人民出版社,2003,第8页。

第一章　半耕半读之家

一、清代末期出生

1902年(清光绪二十八年)，慈禧第一次撤帘露面，召见各国驻华使节；美国照会俄国，反对道胜银行垄断东三省的经济利益；沙俄政府代表雷萨尔与清政府代表王文韶在北京签订了中俄《交收东三省条约》；上海耶松造船厂工人要求增加工资举行罢工；新疆阿图什北部科克塔木东南托盖山南侧喀拉翁库尔附近发生了8.2级地震，是该区域有记载以来最大的一次地震；袁世凯创立北洋军医学堂；湖广总督张之洞于武昌创办湖北师范学堂……这一年，中国发生了很多大事……而在河南的一个小村落，出生了一个在河南省乃至全国都德高望重的教育家、画家、书法家，他的出现对整个河南省的艺术教育、艺术创作等都产生了深远的影响。他就是谢瑞阶。

豫西的洛河流入巩县(今河南省巩义市)境内后，有一段是正北的流向，焦湾村(今河南省巩义市康店镇下辖村)就位于这段河道北端的西岸。南邻康店，北靠醴泉，北距黄河十余里，东距黄河汇流处二十余里。地属邙山岭黄土丘陵区，百姓多凿窑而居，从事农耕，但可耕地少且缺水，又无别的资源，经济不甚发达。这里背靠黄土岭，前依清河水，风景秀美，地势险要。1902

年11月2日(农历十月初三),一个男娃娃呱呱坠地,家人喜笑颜开,父亲给他起了乳名叫炳(丙)灼,入学时起了学名谢宝树,依学名的意思又起个字叫瑞阶。祖父谢凯是乡村教师,祖母康氏,巩县康店人。父亲谢友三也是乡村教师,母亲李庄,巩县水峪村人。

  我父亲姊妹5人,只父亲一人是男的,所以我有四个姑姑。我奶奶的娘家很穷,我舅爷(奶奶的兄弟)原有了男孩,后又生了个女孩,养活不起要送给别人,据说是我爷听说了(那时我爷是乡村私塾的先生,或说是康百万的家庭教师),很感可怜,就与我奶合计这事,说咱抱来养吧。抱回来的这个小姑娘,不知比我大姑大一岁呢,还是大几个月,于是就把她也排成老大,这就是我有两个大姑母的原因。后来又添了一个姑母、我父亲,父亲后边还有两姑母,实际上我有5个姑母。①

谢瑞阶的祖父曾是康百万的家庭教师,这影响了他们的家庭氛围,大家都很注重学习文化。农闲时学习,农忙时下地,用谢瑞阶自己的话讲:"我除了耩地和扬场这两样不会外,其余犁、耙、耕种我小时候全会。"

他的外婆家在南河渡乡的水峪村,外婆家姓李。由于当时处于封建旧制,重男轻女的思想很严重,这些也深深地影响了谢瑞阶,为他以后思想的转变埋下了种子。

  当时还记得我有个大姨,中间有个舅(早死了),下边

---

① 谢瑞阶:《说说我这一生(上)》,《中州今古》1994年第5期。

是我娘,我娘和大姨中间相差好多岁,所以我大姨出嫁早。外婆家中只有3个女的,没有男的,生活很是困难。我大姨家中人口多,她已照顾不了我外祖母。我外婆给我娘找婆家时,不打算找弟兄多的人家,以便能照顾她,老来有个依靠。我父母的婚姻就有这么个原因。后来有了我们姊妹几个,算上我母亲、祖母共有9个女的,两家合在一起共10个女的、2个男的。后来又添了我弟弟,又添了一个妹妹(不到3岁时夭亡)。我叙述这些是为了说明在旧社会重男轻女,女的没有继承权,没有社会地位,妇女多的人家日子更难过。在我12岁左右的年月里,即使逢到节日(农忙、疾病时那困难更不用说了),在两个家庭中间,我几乎就没有见到过家人"笑"是什么样子。给我的印象就是哼咳掉泪。印象特别深的是每逢清明节或农历"十月一"上坟时,外祖母、祖母、母亲以及家里其他人到了坟上,他们往往放声大哭。我多次跟着他们去上坟,她们悲哀的声音、悲哀的语言,其内容主要是家中没有男人如何作难!这就给予我极深的印象,终生难忘,同时也给我幼小的心灵抹上了一个问号,人生怎么是这样的呢?①

对他影响最为深刻的是一个叫裂礓的本家邻居的事情,按照辈分谢瑞阶该叫他舅舅。这个裂礓舅舅家没有男孩,只有三个女孩,大姑娘跟了谢瑞阶大姨母做媳妇,也算是本家的"侄女随姑"亲。在旧社会,似乎都习惯拉襟亲戚,互相关照。谢瑞阶

---

① 谢瑞阶:《说说我这一生(上)》,《中州今古》1994年第5期。

小时候剃头大部分是这个舅舅剃的,舅舅待他如同对待自己的孩子一样,非常善良亲切。谢瑞阶的大表姐(裂礓女儿)叫黑(乳名),照顾谢瑞阶也如同照顾亲兄弟一样。他们的关照和友善使谢瑞阶的童心在凄凉阴暗的环境里感受到了一种难得的温暖。另外谢瑞阶还有个二舅(裂礓弟弟),家里也很穷,一个男孩叫狗屎,比谢瑞阶大;一个女孩比黑姐小,取名叫白,图个圆满成趣,谢瑞阶叫她白姐。这个白姐的惨痛故事永远印在他的记忆里。

白姐的妈死了,家里又遇上灾荒,二舅要出去逃荒,因为带两个孩子不好办,特别是带女孩子。我二舅就把白姐送给人家做了童养媳,是祖师庙下的一个人家,条件也不怎么好。临走的那天,二舅准备还了柳条筐、行李卷、砂锅之类,中午不知从哪里弄了些白面(很可能与送闺女有关),吃了一顿浇面条,记得捞出了第一碗面条,还特意放在祖先的牌位和死去的二妗子牌位前供享了以后才吃。正在他们吃完面条要挑起柳条筐上路的时候,白姐哭着跑回来要跟爹一块走,邻家的小孩们都围着看。正在痛苦无奈之时,白姐婆家的人撵来了,他们来了两个人,推了辆独轮小车,见到后就把白姐捆在车上。车停着前边高,人头朝前捆着,可车一推起来,头低下了,白姐披头散发,大声哭叫着"娘啊!爹娘!"被推走了。那凄惨、绝望、恐怖的哭叫声,那悲惨的场面我一辈子也忘不了。这边我二舅、我表哥、乡邻们也在哭,但不敢说出反对的话,那边车推走没多大时候,这边二舅擦干了眼泪,止住了悲伤,担起了柳条筐,扯拉着孩子,背井离乡,逃荒到安徽去了。①

但是后来他听说,白姐死了,他每逢路过祖师庙下,看到白姐婆家那几孔破窑洞,心里都感到无比的难过。

> 我的四姑母,在婆家生气,跳井未死成,被救出来更受气,跑回我家大哭也不敢回去。为什么有这个现象?为什么对妇女就这么残酷?男的有钱人可以三房四妾,宫廷里边可以三宫六院,七十二妃,而女的就要从一而终。②

他所经历的这些事情,深深地触动了他,不由得思考起背后的根源,哀叹世界的不公,在那个社会、那个制度下,妇女的地位永远是处于最底层的……

> 宣统皇帝登基时才3岁,我7岁。我不懂他那么小被人抱着,别人得向他磕头,他怎么理事呢?后来我才慢慢知道,从家庭来说,男孩可以继承,哪怕他是3岁小孩,他爹死了,他就能继承,女孩子却不能够。我对封建社会又多了一层认识和了解。我从思想深处认识到封建社会是残酷的、不合理的。它最根本的东西是私有制,它掌握和占有了生产资料和劳动果实,它就掌握了你的命运。他可以酒肉大宴尽情享受,而你却只能饥寒交迫。③

二、封建制度印象

焦湾村的谢姓居民集中在南部,据传是在明代由山西移民

---

① 谢瑞阶:《说说我这一生(上)》,《中州今古》1994年第5期。
② 同上。
③ 同上。

而来。在谢氏祠堂里有这样一副对联:"迹发东山簪缨世胄,派绍上蔡理学家风。"由此推断,此地谢姓可能是东晋政治家谢安(谢东山)或北宋理学家谢良佐(谢上蔡)后裔中的一支。虽近百年来未见出大人物,但却有传统的读书风气。

谢瑞阶的父亲谢友三(1877—1952)字益亭,自幼熟读经书,并写得一手好书法,但因家境贫寒未得深造机会,成年后继承父业当了教师。科举制废除后他在本村兴办了新式小学堂,名叫务本小学,辛亥革命时他又带头剪去头发辫子,并主张妇女放脚,是思想较为开明的乡村知识分子。谢瑞阶在幼年时期随父亲读"四书""五经"一类的传统经书,7岁时,父亲让他进入了务本学堂读书。学堂里的课程除保留部分传统经书教学外,全是新课目,有国文、算术、修身等。谢友三常常教育子女:"人要生存,就必须自食其力,要自食其力,就得有一技之长。"就这样,谢瑞阶开始了半耕半读的生活……

谢瑞阶的悟性很高,从周边家人亲戚的境遇中他结合自己的生活及读书获得的知识,"认识到封建社会必须铲除,因为它在基础上有致命的弱点,必然是要灭亡的。因为阶级斗争的存在,有地主必然有佃户,有佃户必然有受苦人,受苦人到了一定时候(活不成时),就会反抗拼命。这是历史的必然"[①]。

1911年爆发了旨在推翻清朝专制帝制、建立共和政体的辛亥革命,随着革命的不断推进,宣统帝被迫于1912年下诏退位,

---

① 中国人民政治协商会议巩义市委员会文史委员会编《巩义市文史资料》第11辑,第7页。

一个时代结束了,转入了民主共和时期。"它在政治上、思想上给中国人民带来了不可低估的解放作用。辛亥革命开创了完全意义上的近代民族民主革命,推翻了统治中国几千年的君主专制度,建立起共和政体,结束君主专制制度。传播了民主共和理念,极大地推动了中华民族思想解放,以巨大的震撼力和影响力推动了中国社会变革。"作为一个时代的切身经历者,谢瑞阶把这一切看在眼里。

民主革命以后,推翻了帝制,但未革命到底,根除不净的原因是长期形成在人们头脑中的私有思想。这些私有的思想,有时潜伏起来,但一有机会就又出来了。在反封建时候,这种思想意识潜伏了起来,当时你看他是进步的,到了一旦革命成功,有机会的时候,那个东西往上一长,他就又执行起来了,这些都是我以前认识不清的。我理解到民主革命不彻底的时候它有有利的一方面,是它推翻了封建王朝;但它不能广泛地对群众进行教育,这些孙中山自己也有感觉。在上海时,他们去黄埔后,我们就开始接触到十月革命之类的革命资料。我是从实际感受形成我的思想,因为我是这个时代的受害者、经历者、深刻的体会者,不是空谈。从这些经历启发我的认识,所以在河南来说在学校里教唱《船夫曲》的我是第一个,当时没人敢教。为什么我喜欢这首歌?也有童年的因素。因为我是河洛边长大的孩子,从小就听惯那拉纤夫痛苦的号子:"咳唷、咳唷……",所以一接触这个歌曲,我就感到亲切,就敢于教。教个歌嘛,你咋着我?我兄弟当时在开封开一个一间门面的小书店,进步书籍在可能之内,如郭沫若的作品等老书店不敢卖,我们都弄来卖。①

封建制度的落后、不公、腐败,民主革命的不彻底……这一切都是促使谢瑞阶思想与时俱进的因素,他意识到,只有思想的更新与进步,才能让自己有所作为。在这样的大环境下,谢瑞阶在逐渐地成长,为他以后在艺术教育、绘画创作等方面的改革与创新埋下了伏笔。

当时谢瑞阶所在学校校址设在本村一座庙宇内,该庙宇内有很多的壁画,他甚是喜爱,受庙中壁画的启发,对绘画产生了浓厚的兴趣。后来又得到了民间画师指点,初步掌握一些运用绘画工具和调色的方法。由此便开启了他的艺术之路……

---

① 谢瑞阶:《说说我这一生(上)》,《中州今古》1994年第5期。

第二章　求艺研学之路

一、实业救国学桑

1919年5月4日,爆发了以爱国、进步、民主、科学为主要核心的爱国主义运动——五四运动。爱国主义是我们民族精神的核心,是中华民族团结奋斗、自强不息的精神纽带。历史深刻表明,爱国主义自古以来就流淌在中华民族血脉之中,去不掉、打不破、灭不了,是中国人民和中华民族维护民族独立和民族尊严的强大精神动力,只要高举爱国主义的伟大旗帜,中国人民和中华民族就能在改造中国、改造世界的拼搏中迸发出排山倒海的历史伟力。伟大的"五四"精神深刻影响了中国人,促进了全国人民对改造中国的问题的反思和探索,也促进了新思潮的蓬勃兴起和马克思主义的传播,从思想、文化等领域激发和影响了中国人的爱国、救国热情。

随着运动的深入,新思想、新思潮也终于影响到了这穷乡僻壤。谢瑞阶的父亲是个倾向新思潮且务求实际的人,非常赞成实业救国,支持他到附近的蚕桑学堂读书,以期能为国家的发展做出贡献。

就这样,17岁的谢瑞阶考入设在东黑石关的巩县蚕桑学堂学习种桑养蚕技术。(1901年,八国联军撤军后,慈禧太后和光绪皇帝由西安返京,途经巩县。巩县当局和本地财主出资修建了三座"行宫"接驾,其中一处在东黑石关,距焦湾村不足十里,1908年巩具当局利用这座"行宫"开办了一所中等农桑学堂。这个地方没有人敢住,就办了蚕桑学堂。这是一种在维新派思想推动下开办的实业学堂,为河南省最早县办中等农桑学堂之一。)

入学时教我们语文的老师是回郭镇干沟寨的张南陔先生(张仲鲁之父),是个老举人,对我们很好。入学时出的作文题目叫"业精于勤"。我破题写的是"勤之一字足以抵天下之万难"。我老师为此还夸我。青年嘛,老师夸奖,自己也很高兴。可是我在焦湾的时候,在和父亲办的国民小学堂里,读书是两样,一个是国文修身,一个是四书五经,就叫读经课。我到那新学堂很高兴。[①]

在学堂里,老师讲的许多知识、许多资料都来自西方国家,当然还有日本的。在这些资料上,有许多植物、动物,特别是鸟类的挂图,对谢瑞阶更有一种强大的吸引力。有时下课后,别的同学都外出活动了,他就躲在教室临摹那些挂图。后来代课老师发现了这个问题,他就让他将这些图画到黑板上,以加深学生们的理解。因为他学习刻苦,成绩优异,又乐于助人,老师同学们都很喜欢他。学校里一溜8间房子,是他们的寝室,一人一铺,共住十几个人。每到晚上,没有课程,这些孩子们也很开心,没事时就在床上翻筋斗玩,从东翻到西。

---

① 谢瑞阶:《说说我这一生(上)》,《中州今古》1994年第5期。

但是这样快乐的日子并未持续多久。也许是因为过分用功,在上学的第二年,他开始莫名其妙地头痛。刚开始还比较轻,只是偶然发作,可是后来逐渐加重,头痛的时候在地上打滚,严重影响了他的学习,后经医生确诊是眼病。

1919年底,经与学校协商,学校同意谢瑞阶休学,允许他治好疾病之后继续完成学业。就这样,他离开了可爱的学校。等办完了休学的手续,无奈的谢瑞阶慢慢地向家里走去……

休学去取行李时,几个同学送我过洛河铁路桥,告别时心里很不是滋味。想到人家都在继续求学,前途多好。我这一回去,以后咋办?……虽没有放声大哭,可已是眼泪花花。桥中有一段枕板被起掉,只剩枕木(为防止牲口、小车过桥),下边流水哗哗,走起来很害怕。正在这时一个瞎子很自然地走过去了,比有眼人过得还自然。这件事对我震动很大。我走到康店南一个石碑跟前,就坐在那里想了很多、很多。人家双瞎对生活还充满信心,我还有一只眼,为什么就灰心?!他走得那么自然,不就是走得多了吗?"世上无难事,一勤破万关。"受这"瞎子过桥"的启迪——这一闪念,使我重鼓生活勇气,更加"勤奋治学"使我一生受益。①

二、患病休学在家

休学在家期间,谢瑞阶的精神上感到很痛苦。父亲看在眼

---

① 谢瑞阶:《说说我这一生(上)》,《中州今古》1994年第5期。

里也满是心疼,决定给谢瑞阶先治病,于是找到了自己的好友——老中医焦相朴(焦润兰),这位老中医医术高明,人也很实在,也许就能治好儿子的病。

于是,父亲带着他来到了焦医生家里,焦医生很热情地问老友有什么事,谢友三很沉重地说:"我这孩子有病,从学堂回来了,现在就交给你。"焦医生很喜欢谢瑞阶,心痛得不得了,立刻开始望闻问切了解病情,待问诊之后,他说谢瑞阶是过于用功导致肾虚、肝火过旺以致患病,随后就开始了漫长的治疗。前前后后大概治疗了三个月,吃了很多剂中药,渐渐地头不痛了,可他的左眼却永远看不见了。

但是,面对这个结果,谢瑞阶并未消沉,他甚至开始准备养蚕。由于自己没有钱,他就去帮一个叫焦振江的养蚕,地址在学校前面的一座古庙里。大概养了一年左右,不赔不赚的,他们发现没有自己的桑园,仅靠买桑叶养蚕是不行的,没有利润可言,但是家里也只有7亩地,那可是养家糊口的命脉,断不能用来做桑园,那能怎么办呢?

年纪轻轻的他开始考虑今后的生计问题。人要活着,就必须吃饭,要吃饭,就必须有一技之长,这是父亲一贯的教导。谢瑞阶思考到:"我的一技之长是什么呢?"思来想去基于目前自己的情况,决定帮父亲在小学里教低年级算术,同时继续跟着父亲学些文史知识。就这样,谢瑞阶一边教学一边学习,生活过得也算充实、平淡,但是一本册子的出现却打破了这种平静……

三、画谱引发兴趣

在小学任教的一天,一个书贩到学堂来卖书,"这个书贩带了一本残破的《芥子园画谱》,价钱很便宜。谢瑞阶一见便爱不释手,当即将其买下,拿回家后,他如获至宝,激动不已"①。原来,谢瑞阶在蚕桑学堂求学之时,已经认识到了自己对绘画的喜爱。

在蚕桑学堂时,教蚕桑课的教员名叫李绍英,他懂得日语。上课时,他一手拿着日文版的课本,一手将译文写在黑板上学生们没有课本,全靠记笔记。在挂图上印有彩色的松、鹤一类的动植物图样,老师让学生们照描下来。他发现我画得比较好,就让我用大纸临摹下来,挂在黑板上。这就启迪了我学画的兴趣。②

15岁的时候,谢瑞阶曾随父亲到登封少林寺拜访友人,在寺内得以观摩水平较高的壁画,进一步增强了对绘画的喜爱。而此时,这本《芥子园画谱》如春风般吹入了谢瑞阶的生活之中,令他痴迷不已。《芥子园画谱》,又称《芥子园画传》,是中国古代最为完备、最具系统性的学习中国绘画的入门读物。《芥子园画谱》首次刊刻于康熙年间,从那之后,一代代的绘画大家如黄宾虹、齐白石、潘天寿、傅抱石等,都曾以《芥子园画谱》作为进修习业的范本。他每天只要有空就临摹其中的画作,越画越

---

① 徐玉坤主编《河南教育名人传》,河南教育出版社,1989,第483页。
② 谢瑞阶:《说说我这一生(下)》,《中州今古》1994年第6期。

有兴趣,对于书中的绘画理论,他也能熟读背诵,经常仔细揣摩。诸如南齐谢赫的"六法"、宋刘道醇的"六要六长"和其他的书画理论,深深地启发了谢瑞阶,从此,他的兴趣便转到绘画上来。

由于从小受教育,他的字写得比较好,逢年过节也帮人写对联,曾为祖父谢凯书写纪念碑碑文,他的书法尤其是隶书受到了大家的称赞。一次巧合的机会,他听从开封回来的人说开封有个艺术专科学校即东岳艺术学校前身,开设有图画、音乐等课,专门培养艺术人才,此时正在招生,他心里就想:"能到这个学校专门学画该有多好啊!"

心动不如行动,谢瑞阶开始谋划策略,如何能让倡导实业救国的父亲同意自己学画呢?

四、"造假"专心学画

谢瑞阶思前想后,最终决定写一封"造假"信!以别人的口吻告知父亲,意思是听说谢瑞阶爱画画,很有艺术天分,想让他去报考开封艺术专科学校,请家长支持!于是,便借在开封一个姓谭同乡的名义,给自己写了一封"假信"。信是写好了,可是如何能骗过父亲的双眼呢?

信得有邮局的戳才行,这样才能显得真实!此时他想到了一位关键人物。他知道父亲与伊洛河对岸的孝义镇邮电局长很是熟识,这位局长也很喜欢谢瑞阶。他想着不如让这位局长帮帮忙……那就赶快行动!

于是,他跑去找这位局长,请他给信封上盖个邮戳。但这不是开封邮电局的邮戳,怎么办呢?他又请求邮电局在盖邮戳时扭动一下，让那邮戳模糊一点。邮电局长见他求学心切，很爽快地应允了。就这样，邮戳盖好了，只等一个合适的时机交给父亲。

过了几天，谢瑞阶知道父亲要到孝义去办事，他想这正是个好机会，便把信交给了渡口的船工，委托他转交给父亲，父亲拿到信看了看并没有说什么。到孝义镇后，路过邮局顺便拜访了他的老友，没想到这位局长大人却和盘托出了信的真相，并解释道："孩子是好意，他既有志于学艺，你就让他去考考吧！"在获知真相后，父亲并未责怪谢瑞阶，那时候正是军阀混战时期，在巩县有条件外出求学的青年，大多愿考法政、军事和财经一类的学校，为的是将来能升官发财，少部分向往科学技术的则愿入医科和工科，想走艺术这条路的极少见。谢瑞阶的父亲历来主张，孩子只要能有一技之长，在社会上走正道就行，不一定非要升官发财，他是比较了解自己的孩子的，也原谅了谢瑞阶的撒谎。随后便和亲友一起凑钱送他去开封考试，这是谢瑞阶第一次离开家乡。

当时的开封是文化古都又是河南省省会，文化艺术较为发达，现代新式艺术教育已有发展，只是没有公立艺术学校。谢瑞阶要去投考的学校，当时的名称是开封图画音乐手工体操学校。这所学校，是由一些在公立学校任教的老师组织在一起兴办的，是民国后河南省最早的合美术、音乐和体育为一体的专科学校。它虽系私立，要收学费，但因师资优良，教学水平颇高，有志于艺术和体育的青年，愿投考者为数不少。然而校方为确保学生质量，入学考试相当严格，绝不是凡愿交钱者都能录取的。

1921年夏天，谢瑞阶高高兴兴地来到了省会开封，第一次离乡外出的他，心情无比激动。他住不起客店，就借住在一位开鞋铺的同乡那里，没有床就睡在柜台上。他专心准备考试，无心参观这座著名的古城，就连与住地只隔半条街的繁华的鼓楼街也没去过。当时考试的科目主要有国文、命题画和自选画。他信心满满地去参加了考试，考完后回到了同乡家里，继续住在柜台上，冰凉的柜台也难以湮熄那颗炽热的心。在他焦急的等待中，终于到了发榜的那一天，可是他担心自己考得不好，迟迟不敢前去看榜。但不管如何都是要面对的，于是他鼓起勇气忐忑不安地来到学校，却发现自己考的是第一名，真是太棒了！没有辜负父辈们的希望。他怀揣着兴奋、激动的心情急忙给父亲写了信，家人知道后都无比高兴，要知道能在众多的竞争者中名列榜首，在省城的专业学校里考第一名，这在当时是很令人刮目相看的事，是为全家争光的事情。

但是这个艺术专科学校是收费的，这对于一个普通家庭来讲是有一定困难的，该如何筹措学费呢？不过这个问题并未难倒父亲，由于他是教师，便决定向当时的县教育局寻求帮助。当时的巩县县长毛龙章，是位开明人士，他曾表彰过谢友三办学有方，当得知谢瑞阶考了第一后颇为赞许，就让县里管教育的机关劝学所（相当于后来的教育局）给他拨一笔学费补贴金，以解经济困难。县教育局长知道这件事情后非常高兴，说他早看出来这孩子有出息，特批了50块银元，这让家里松了一口气。去领钱的时候，又增加了20块银元，财政局说这是为咱巩县人争了光，算是奖励，谢友三喜笑颜开，把这70块银元寄给了谢瑞阶，就这样解决了学费问题。从此,谢瑞阶开始了正规的美术专业学习,在他漫长的艺术道路上迈出了第一步。

入学后,他醉心于绘画,克勤克俭,对文化课更是发奋攻读,各科成绩都特别优秀,老师们都非常喜欢他,更着意培养他。当时教国画的是牛鼎铭先生,教油画、手工和日文的是留日回国的周子樾先生,教书法的是阎澍生(字伯康)先生,教音乐的是王黄石先生。这些老师都有真才实学,而且认真负责,谢瑞阶很尊重他们,也受益匪浅,很快就成为全校出名的年轻画家。

1923年春天,学校迁往东岳庙内,并更名为东岳艺术学校(后又更名为东岳艺术师范学校)。这年夏天谢瑞阶毕业了,阎伯康老师带这届毕业生到刘海粟开办的上海美术专科学校参观,以便开阔视野。谢瑞阶看到上海美专条件好,还可以深造,觉得机会难得,就请求留在上海参加招考。阎老师对他这种好学上进的精神很支持,正好阎老师儿子阎仲夷在同济大学上学,于是他就让谢瑞阶和他的儿子住在一起。经过一个假期的复习,他又以优异的成绩被录取为该校西洋画系的插班生,主要专业课有油画、水彩画、素描、粉笔画等。在这里他受到了严格的基本功训练,对油画的设色和各名家风格进行了系统研究,对水彩画的表现方法和水粉色彩的应用深有领悟,并在实践中融会贯通,绘画艺术达到了得心应手、挥洒自如的境界,为以后的成就打好了坚实的基础。

但是事情总会有波折,1924年夏季,因家中连遭事故,经济发生困难,谢瑞阶无法继续求学,校方认为他成绩较为突出,同意提前毕业。就这样,毕业后他先回到了家里,当时他的祖母已经去世,外祖母双眼失明。外祖母见他回来,流着泪拉着他的手说:"家里已经过不去了,你就毕住业吧!"当时,一方面受经济所迫,另一方面主要是他对教育事业的热爱所致,22岁的谢瑞阶,便回到开封母校任教,从此开始了他的艺术教育生涯。

那么,在他的教育生涯中,又经历了怎样的事情呢?

第三章　开启教育生涯

一、开封母校任教

1924年,谢瑞阶从上海美专毕业回到开封后,面临了一次画家与教师之间的抉择。这两股力量都在争取他:一边是搞美术的朋友,希望他当职业画家;一边是他那在乡村学堂教书的父亲和开封的老师们,希望他承业从教。面对两难的选择,谢瑞阶陷入了深思,到底是做画家还是做教师呢?恰在此时,一件事情刺激了他,令他做出了一个影响中原艺术教育的决定。

有个军阀为母亲做寿,托人以重金求他作画庆贺。他画了一幅《麻姑献寿图》,送去后军阀不太满意,还想让写上几句恭维的话,并落上画者的名字。谢瑞阶作为一个血性男儿怎么会为一个素不相识的阔人折损画家气节?他断然予以拒绝了。由此,他想到一个根本问题——究竟为哪个雇主服务?在那个时代,画家的雇主是谁呢?大多是官僚、资本家,是风雅或附庸风雅的前朝遗老,是贱买贵卖的画商,是奔走高门大户的送礼人。教师的雇主又是谁呢?是学校,是校长,而真正的雇主还是学生。两相权衡,天平彻底倾斜了。作一幅画,不如培养一个人,何况这个人还能再培养更多的人!尽管教师薪俸微薄,且常拖欠,往往仅够糊口,但谢瑞阶宁愿受雇于学生,受雇于教育……

这年秋天,谢瑞阶毅然决然地回到了母校——东岳艺术师范学校。他向牛定时老师说了他想教书的心思,牛老师满腔热忱地说:"依据你的程度,满可以教书的。要教书,你就回到母校来吧!"在老师们的支持下,他开始以美术教师的身份登上了讲台,当时的月薪是20元。经过一段时间的教学实践,谢瑞阶感到,教师这种职业虽然挣钱不多,但只要努力认真去干,还是可以养家糊口的。而更重要的是,它是一种为社会进步培养人才的高尚事业。自己虽不能出大名得大利,但却可为社会实实在在地做些贡献。在与学生们相处和交往中,他感到心情是愉快的,于是他下定决心干一辈子教师。由此,谢瑞阶便开启了长达38年的艺术教育生涯。

可此时,他却改了名字,为何要改呢?这源于求学时的一段经历,"有一次自上海回来路过南京,见到有个坟园边立一块界石,上写'宝树堂墓区',遂知这家墓主一定是姓谢的。过去叫宝树的一般是姓谢的多,原来有篇古文中说:'谢家之宝树,孟氏之芳邻',都是由这个典故而来的。为避免重名,以后就单用瑞阶这个名字。我的其他别名、笔名,除特殊情况外,一般都不大用"[1]。

谢瑞阶教学态度十分认真,为了学生的成长,从不吝惜自己的时间。在课堂上,无论是讲课、答疑,他都做到了驾轻就熟,以简概繁,把疑难问题解释得清晰、明白。课下,他经常利用星期天带领学生们到户外去写生,听农民谈今说古。

---

[1] 谢瑞阶:《说说我这一生(上)》,《中州今古》1994年第5期。

  谢老师对人的态度总是那么谦逊,那么亲切,凡是与他接触过的人都有这样的感觉,同学们和他在一起,好像在家里一样,一点也不受拘束。因为,在任何情况下,他从没有疾言厉色地训斥过人,在课外活动的时候,他爱和同学们讲《大禹治水》、《伯牙鼓琴》和《徐霞客游记》等民间传说和历史故事,渐渐使我们懂得了我们这个古老民族的高贵品质。①

从 1924 年开始,到 1962 年,谢瑞阶投身艺术教育事业长达 38 年之久,这段经历在他一生中占有重要的位置。他的艺术教育生涯大体可以划为四个阶段:

(一)1924 年至 1937 年全面抗战前,在开封。他先在东岳艺术学校任教,继而转到北仓女中、开封一中,后又转到开封女师。在此期间,他曾于 1925 年 5 月,带领学生去上海等地参观考察,时逢五卅运动,被英租界巡捕误以为是来支援上海工人的学生而拘捕,后经过刘海粟、史良等人的疏通得以释放。

  1925 年 5 月间,我带领开封东岳艺校毕业班 20 多名学生去南京、上海、杭州参观,内容一是艺术教育,一是各地艺术文物。出发前,报上登了上海工人罢工抗议日本枪杀中国工人顾正红的消息。去不去呢?每年毕业班都要去,这一班不去学生不愿意,就决定去。到南京时,住在南京工学院,在那里就见到有撒传单的,有演说宣传的。出发前学校

---

① 何彧、张海:《黄河魂——谢瑞阶书画评论集》,河南美术出版社,2000,第 202-203 页。

就劝我们,说恐怕到上海参观有困难,可年轻人都不怕,一定要去。我们坐到火车上,一方面见到有搞募捐的,一方面见到有特务盯梢。一下车,气氛很紧张,特务就跟着我们。我们直接到南京路路口"梁溪旅馆",先让学生吃着饭,我就坐有轨电车到江苏省教育学会说了情况。他们说,在上海参观有困难,明天会长再研究一下。我回旅馆刚到大门口,茶房(服务员)就拉我到他屋内说:"侬(你)!侬的学生已被逮捕了。"我很紧张,就去见账房。他说:"你先别回你屋子。"他到那房周围看看没有特务,才让我去看看。学生东西不多也没有动。我即连夜跑到江苏省教育学会报告。那人说:"现在没法解决。"我又回旅馆,一夜没合眼。第二天,又去找上海学生会,要向当局提出抗议。我记得那学生会只有一个人,叫史良。她又给介绍几个地方,让我去找人营救。我去找到原美专校长刘海粟,他亲自给有关学术界、教育界写信,请帮忙解决。后打听到学生被关在英国租界会审公堂,又听说有学生被扔到黄浦江里,我更是心急如焚。最后我带介绍信到会审公堂,证明我们是参观的,不是来游行的。他们搜的结果也没啥可疑痕迹,确定不是参加运动,等到第三天,才放学生回来。我们在旅馆一见面,都大哭起来。出来后,我们就直奔杭州了。①

在上海虽然只有短短的三天时间,可是留给谢瑞阶的印象却十分深刻。他看到外国人在中国可以办厂,但是对工人极端

---

① 谢瑞阶:《说说我这一生(下)》,《中州今古》1994年第6期。

残酷,工人每天上下班要搜身,要工作18个小时而工资却低得可怜,工人没有说理的地方。当时,中国共产党党员顾正红受党的指示,领着工人对资本家进行斗争,日本人竟敢开枪打他,先打腿,后打身,抬到医院就死去了。这一天就是5月30日,这在上海、全国各界引起了抗议和声讨,形成震惊中外的五卅运动。另外在租界内,外国人可为所欲为,他们有治外法权,可以随便逮捕中国人。中国的坏人跑到那里可以受到保护。在中国的土地上竟是这种现象,这真是国耻,是民族的屈辱,这让谢瑞阶一辈子都忘不了。

在1925年秋天,谢瑞阶来到私立北仓女子中学任教,担任全校的图画课和音乐课。在图画课堂上,他告诉学生:"学画与学语文、数学一样,要用心思考。"虽然每周只有一节课,他却像教大学美术系学生一样,从画"蛋"开始,从线条练起,从写生入门,从不懈怠,坚持结构谨严的画风。谢瑞阶的一个学生董云霞在撰写的文章中写道:"那时,虽然我只是个十一二岁的稚气未退的孩子,可在先生的指导下我不仅喜爱画,而且在我心灵深处,慢慢地印上了那神奇的墨迹,产生了一种幼稚的审美观,好像猛然长大了似的,懂得了色泽谐调的美。"

北仓女中,原名河南私立第一女子中学校,建立于1921年,是河南省第一所女子中学,后来因校址迁往开封城北部一所废弃的官仓(丰豫粮仓)才改称河南私立北仓女子中学校,简称北仓女中。该校的创建人张嘉谋(字中孚)(1874—1941)是河南现代早期教育界的著名人士,对开拓河南现代教育有重要的贡献。创建北仓女中为其重要业绩之一。该校治学严谨,校风极佳,有许多著名的进步人士在那里执过教。如曹靖华、楚图南、冯素陶、冯友兰、柯仲平、李炳之、王仲友、罗绳武等。受老师影响,该校学生不仅勤奋好学,而且思想进步,倾向革命。在抗日时期该校有一大批学生奔赴延安参加革命,在到延安的青年知识分子中颇有名气。北仓女中还以体育著称,1934年该校学生焦玉莲、原恒瑞和陈端仪代表河南在天津举办的第十八届华北运动会上夺得女子田径七项冠军,震惊国内体坛。在这样的学校中工作,谢瑞阶感到很愉快。①

在北仓任教期间,谢瑞阶一年一年把新同学迎进学校,经过他的辛勤教诲,又一年一年,把她们一批批送出校门,走进高一级的学校,走入社会。每当同学们走出学校的时候,他总是语重心长地说:"女孩子得到学习机会不容易,你们要珍惜自己的时光,勤奋学习,做有益于社会的人,不要忘了我们北仓女中勤俭、朴素、勤奋学习的好校风。"

谢瑞阶重视女子教育是源于家族女性的遭遇,谢瑞阶幼年时,他家中女多男少,常遭人欺凌。在他的记忆中几乎没有见到过家中妇女的笑脸,最常听到的是她们悲痛的哭声。他的那位表姐被人捆绑在独轮车上强行推走给人家当童养媳,她那披散到地上的长发和撕裂心肺的惨叫永远留在谢瑞阶的脑海中。这种旧制对女性的不公与摧残,地位低下、受人鄙视等状况让他的

---

① 何彧、张海:《黄河魂——谢瑞阶书画评论集》,河南美术出版社,2000,第115页。

心中十分不平。他到女中任教就是希望把自己的知识贡献给妇女解放事业。他是北仓女中的护卫者,即使再艰难也没有离开。那时流传着这样几句话:"女师富,北仓穷;女师讲究,北仓朴素;北仓师生一家人。"这话一点也不错,北仓的老师虽然工资低,而且从打铃、扫地到上课,都是一身兼数职,然而谁也没有提出一个"走"字,谢瑞阶就是如此坚定地守护在教育第一线。

(二)1930年至1946年,在伏牛山。因抗战全面爆发,他随开封女师先迁镇平,继而迁往夏馆。

1937年全面抗战开始,河南——特别是豫东很快成为主要战区。1938年6月,国民党政府故意在郑州北边的花园口扒开黄河堤,用洪水截断开封与郑州之间的交通,企图以此来阻止日军的前进。这一行动虽然在一定程度上迟滞了日军的前进,但却造成河南历史上最大的灾难,使千百万人民流离失所,葬身洪水。所幸在日军占领开封以前,谢瑞阶已随其任教的学校迁往豫西山区。

> 1937年抗日战争爆发后,我们全家随开封女师迁到伏牛山区共患难,免不了粮缺油短,吃野菜是少不了的。虽说日子艰苦,但是,教师和学生都还是很努力的。同时,山区有山区的优势,空气清新,山重水复,也给人一种清新的享受。有空时,我们还上山玩玩,我曾作一首《山居自喻》,反映那时的一种心境。诗的内容是:"手结茅屋芳草坡,鸟语花香共唱和。闲寻曲径通幽处,归来路迷忍饥渴。"这一时期,我创造了大量的作品,由于连年战火,惜今荡然无存。自开封迁出,先到镇平,后到内乡县夏馆。抗日战争期间,

直至日本投降约七年半之久,我偶而作些打油诗,以纪实况。如:"茅屋数椽竹篱绕,山径崎岖宾客少。门前青山隐隐,墙外绿水滔滔。闷时慢步行吟,闲来登高长啸。春花开得早,夏蝉枝头闹。霜叶醉红来了,白雪飞絮冬又到。屈指人生容易老,展眉笑看日月小。一霎时,只留得两袖清风,一枕黄粱,伴随着炉烟袅袅。默默无语问青天,'何时晓?何时晓?'"①

那时的条件虽然艰苦,但是谢瑞阶带领着学生依然乐观、努力地学习和生活,并未因此而受太大影响,在教学的同时还坚持着创作。因所迁地处于山区,谢瑞阶得以长期接触自然风物,艺术创作逐渐偏重山水画,同时出于对民族文化的感情,重新自学中国画。为了激发同学们的爱国热情,他勉励学生要同济时艰、患难与共,为祖国的存亡尽自己应尽的力量,通过作品表达一个爱国者负重前进的心意。

1934年,谢瑞阶将过去自编的讲义增加绘图整理成书,定名《人物画法简述》,以中西结合的形式和方法介绍人物画的基本画法,并于1935年由北平静文斋书店出版。

(三)1946年至1948年开封解放,谢瑞阶在开封,继续执教于开封女师。

1946年夏日的一天,谢瑞阶曾经的学生赵瑞突然来拜访自己的老师,原因是想和自己的男友打算去南洋谋生,但经济比较困难,连路费也没有,只好向自己的老师求援。谢瑞阶急忙和自

---

① 谢瑞阶:《说说我这一生(下)》,《中州今古》1994年第6期。

己的夫人商议,夫人翻箱倒柜总算找了20元钱给了赵瑞。同时,谢瑞阶还拿自己最喜欢的书《菜根谭》给了她。

后来,赵瑞和男友到了新加坡的一所学校教书,男友却移情别恋,和别人结了婚。极度痛苦中,她想起了老师给的书《菜根谭》。认真研读后,她终于得到了解脱,得以继续生活。几年后她去了美国,到一所华侨学校教书,开始了新的生活,而谢瑞阶给她的帮助始终令她念念不忘。待年近古稀的赵瑞回到了祖国时,她专程到郑州看望自己的老师表达自己的谢意。她说:是老师的资助改变了自己的人生,是老师的书救了自己的命。

1946年秋天,又一位不速之客敲开了谢瑞阶的家门,这就是丰子恺。丰子恺原名丰润,是我国现代画家、散文家、美术教育家、音乐教育家、漫画家、书法家和翻译家,被誉为"现代中国最艺术的艺术家""中国现代漫画鼻祖"。丰子恺与谢瑞阶曾同为弘一大师的学生,但二人并不太熟悉。丰子恺从四川举家迁移,到河南后没了路费,就去找学友求救。当时,丰子恺有六个孩子,另外还收养了他姐姐的一个孩子,所以生活十分困难。谢瑞阶又是全力支持,使丰子恺顺利到达上海。中华人民共和国成立后,已成为著名作家、画家的丰子恺写信到河南,对自己的老同学表示感谢。

(四)1948年至1962年夏,在开封、郑州。中华人民共和国成立以后,谢瑞阶以饱满的激情,积极投身艺术教育事业。

1949年10月1日新中国成立后,我觉得特别高兴,国庆大典的当天就在龙亭湖畔口吟一首《中州即景》:"中原拂天晓,嵩岳起彤云。龙门开伊洛,砥柱垂古今。"认为这一下都好了,可以说我是以满腔的激情来兴办艺术教育事业的。①

在此阶段,谢瑞阶为河南的艺术教育事业做出了诸多贡献,开创了河南高等艺术教育之先河。1949年,谢瑞阶受河南省人民政府教育厅的委派,主持筹建省立开封艺术学校(今河南大学美术学院前身),任校长;1953年艺术学校更名为开封艺术师范学校;1955年,谢瑞阶被调到河南师专任副校长,主管体育艺术科;1956年,高等院校院系调整,河南师专文理分科,文科各科由开封迁往郑州,成立郑州师专,谢瑞阶继任副校长,并兼任图画科主任;1958年,音乐科、图画科从郑州师专分离出来,正式成立郑州艺术学院,由他任院长。

这一段时间,河南艺术教育事业呈现出蒸蒸日上的景象,谢瑞阶在任期间遵循政府的指导方针,提出多项建议,成为促进艺术教育沿社会主义现实主义新方向发展的一位领导人。

可到1961年以后,来了一股下马风,有人提出要停办艺术学院。尽管谢瑞阶做了很大努力,也未顶住。1962年郑州艺术学院并入开封师范学院(即今河南大学)。谢瑞阶被调入河南省文联,转向专业艺术创作。

  1961年,来了一股下马风,有人提出要停办艺术学校。那时管这学院的是省教育厅、文化厅。我就去找他们。我说:"我们河南的人口抵一个法国,版图也不比法国小多少,人家几所艺院?而我们河南只有这一所艺校,拼上命奋斗

---

① 谢瑞阶:《说说我这一生(下)》,《中州今古》1994年第6期。

十几年建的艺术学院,毁于一旦,实在可惜。"结果还是没顶住那股下马风,郑州艺术学院并入开封师范学院(即今河南大学)。我被调到河南省文联工作,开始转入专业艺术创作。前几年,有家大报记者采访我时还问我:"你这一生最如意的事是什么?最不愉快的事是什么?"我随口就回答了他:"最如意的事就是选择了教师这个职业,最不愉快的就是停办艺术学院。"①

二、改革教学方法

在当过几年教师后,谢瑞阶逐渐积累了许多经验。20世纪20年代他写过一首题为《教师自勉》的七言韵语:"教书教人传正道,深入浅出条理分。言简意赅莫啰唆,以身作则惜寸阴。"这几句看似简单的大实话,实际上概括了谢瑞阶的教育思想和施教方法。虽然谢瑞阶教的美术不是主科,但他依然想把学生培养成心地善良、有学识、有能力、愿为社会进步做贡献的人。

到东岳艺术师范任教后,他把上海美专、上海专科师范学校的教材、教学方法、远景规划等带回河南。改变了河南艺术教育教学的方法和手段,如美术课堂教学的模特写生、教学改革等等,一直延续下来。当时,他还主张中等艺术学校的学生,四门专业(即体育、音乐、美术、劳作)课都学点,要一专多能,到中小学,特别是分散的农村小学,四门课都可以教。学生虽大多是原来相识的同学,但由于他严谨的工作态度和较高的艺术造诣,大

---

① 谢瑞阶:《说说我这一生(下)》,《中州今古》1994年第6期。

家对他都以师敬之。

谢瑞阶在教材的选择上是颇为慎重的,他不仅教绘画技术,更注意提高学生的审美情趣,决不让那些宣扬消极颓废、庸俗奢靡的作品去污染学生的思想精神。他常带学生到野外写生,让学生在大自然的熏陶下净化心灵。在市郊采风的活动中,他常让学生帮助农民推推碾子,用辘轳在井中打水,用意是让学生体会一下劳动的艰辛并缩短学生与劳动人民在心理上的距离。他自己画过很多幅描绘农民的油画,如油画《瓜农》《老农》等,并让学生临摹,这种教学形式无疑对这些学生后来走上革命道路起了推动作用。

教课之外,他还主张把思想品德教育体现在学生们平时的言行上。他不太讲大道理,却重视那些看似不重要的"小节"。有一次上美术课,教学生画葡萄,因气氛活跃,学生们说话也就随便一些。有一位学生突然冒出一句平时开玩笑的粗话"老鳖",谢瑞阶当即批评道:"谁?不许骂人啊!画给人的感觉是美的,语言也要像画一样,要美……"他的语气平和,态度却很严肃,在场的学生无不在内心里感到震动。多年之后,一位当时在场的学生还在一篇回忆录中特别提到了此事。可见,"小节"也能起大作用。

谢瑞阶在求学时曾受过正规的音乐训练,能弹钢琴会吹箫,还可以唱歌,所以北仓女中曾聘他兼教音乐课,主要是教唱歌。他教唱的曲目大多是"五四"前后的优秀歌曲和世界名曲,绝对没有世俗小调。李叔同的名曲《春游》、《送别》以优美的旋律和真挚的感情让许多学生激动不已;

肖友梅的《问》表达了当时知识分子的苦闷,其中的词句"你知道今日的江山,有多少凄惶的泪……"着实启发了学生们忧国忧民的情怀。著名的俄罗斯民歌《伏尔加河船夫曲》在那时因有"赤化"色彩没有几个人敢唱,是他首先在学生中公开教唱,歌中那"踏破世界的不平路!"的呐喊深深地印入学生的心中,致使五六十年后她们还以激动的心情谈起这些歌曲。

1934年,谢瑞阶和几位老师与北仓女中校长马戢武先生一同带学生赴泰山游览,特意去拜访了下野后隐居在泰安的冯玉祥将军。冯玉祥在任河南督军时曾大力支持过北仓女中,还曾是该校校董。这时的冯玉祥一身农民打扮,戴毡帽,穿粗布衣,系一条布腰带。他对师生们发表了激昂的抗日讲话,还和大家一起唱了由他作词的歌曲:"好同胞呀好学生,国家大事你要明……中国人民四万万,不给倭寇当马牛!"①

谢瑞阶在教学实践中意识到,拿着大厚本本讲些玄奥的理论不如深入浅出地引导和多作示范来得效果好。他讲课时,语言极为生动有趣,并且条理清晰,逻辑性强,许多不是学艺术的学生也很喜欢听他的课,这在河南艺术教育界是颇有点名气的。20世纪80年代末,谢瑞阶应邀为省直机关老年大学讲书法课。年近九旬的谢老先生,面对几百位离退休老干部,不用讲稿,娓

---

① 何彧、张海:《黄河魂——谢瑞阶书画评论集》,河南美术出版社,2000,第117-118页。

娓道来,既有理论,又有实例,既有思想,又有技法,使听者大感兴趣,场上不时发出笑声和掌声,一时传为美谈。

三、筹建开封艺校

如果说开河南高等美术教育先河的地方,则当数河南大学美术学院。追根溯源,美术学院的前身便是河南省立开封艺术学校,而谢瑞阶便是开封艺术学院的筹办者,谢瑞阶作为第一任校长,在河南艺术教育发展史上起着至关重要的作用。

中华人民共和国成立后的20世纪50年代,河南的教育事业得到了飞速的发展,谢瑞阶的教育生涯也进入了新的阶段。1949年12月,河南省人民政府教育厅经过慎重的考察,决定委派谢瑞阶主持筹建省立开封艺术学校,并担任校长。这是河南教育史上第一所公立的艺术专业学校,颇为引人注目。这个任务对年近半百的谢瑞阶来说,既是荣誉又是严峻的挑战。他虽然在教学方面有点成就,但从没有当过领导人,缺乏必要的管理技能和经验。好在当时省教育当局对他比较信任,并在各方面给予了大力的支持。另外,他的一些教育界的朋友们也给了他很大的帮助。1950年春季,开封艺术学校开始招生上课。设美术、音乐和戏剧三个专业,分专修班(高中以上学一年)和普通班(初中以上学三年),属大专级。由于当时新政权刚建立不久,全省急需一大批新式文艺工作者,因而学制定得短一些。但因选聘了一批河南最优秀的艺术人才做教师,如丁折桂、马基光、李永海、梁冰潜、马植文、张景豪、沙清泉、张博望、龚柯、李耕森、臧乐琴、王峰等,教学质量之高,在河南还是史无前例的。

开学之后,新的问题和困难不断出现在谢瑞阶的面前,其中比较突出的是对教师的管理问题。当时上级曾派进来一些工农干部,他们大多不熟悉艺术教学业务。而懂得教学业务的专业教师则情况更为复杂,有些人有政治历史问题,一时说不清楚,有的则是文人相轻互不服气。初为校长的谢瑞阶不得不一方面辅导工农干部学习专业技能,让他们边学边教,求得提高;另一方面则去做专业教师的思想工作。他历来性情平和,待人诚恳,对有缺点的老师从不训斥,而是平等对待、以理服人、以情动人,有时还亲自代替他们去教课。说也奇怪,一些自视甚高的"艺术人"却很少给这位"老好人"校长制造难题,甚至部分有些不良习气的学生也表示决不在谢校长面前捣蛋。这种安定团结的局面,大大促进了教学工作的顺利进行。这所艺术学校在当时的河南是很有影响的,不仅在土地改革、抗美援朝等重大的社会政治活动中起到巨大的宣传作用,而且在美术、音乐、戏剧和舞蹈等艺术门类中领导着河南当时的新潮流,甚至该校学生的装束和发式也成为青年人争相效仿的对象。更重要的是,它为河南培养了一大批艺术专业人才和教师,为河南的艺术事业和艺术教育事业的发展打下了良好的基础。

1953年,漯河艺术学校的校长刘诚甫带领六个班的学生到开封与河南省立开封艺术学校合并,开封艺术学校更名为开封艺术师范学校,专门为本省培养艺术师资。1955年,在开封师范学校和开封高中基础上成立了河南师范专科学校,谢瑞阶调往该校任副校长,负责文科和艺术科的教学工作。1956年省会迁往郑州,该校文科和艺术科也迁往郑州成立郑州师范专科学校,谢瑞阶继任副校长,主管艺术科和体育科。1958年在郑州师专艺术科的基础上成立了郑州艺术专科学校,后又升格为郑州艺术学院。这是河南省第一所高等艺术院校,谢瑞阶任院长并成了河南第一位艺术专业的教授。

朝鲜战争的爆发激发了谢瑞阶的抗战热情,他积极响应党和人民政府的号召组织领导全校师生大张旗鼓地宣传抗美援朝运动,当时在本省影响颇大。

1962年夏,郑州艺术学院并入开封师范学院(现河南大学)。谢瑞阶调任河南省文联工作,开始转入专业艺术创作。

在收集资料的过程中,部分教学讲义及参考书的藏书盖章见证了学院的发展历史,如图:

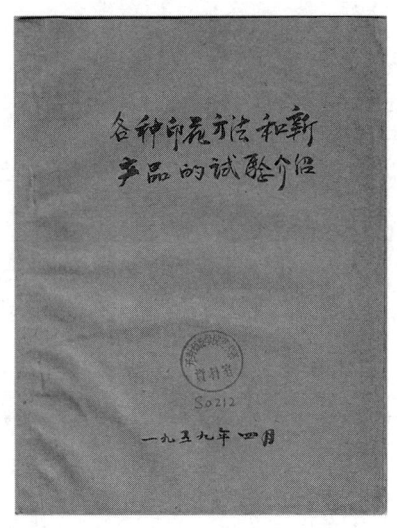

图3.1　开封师范学院艺术系
时期教学资料1

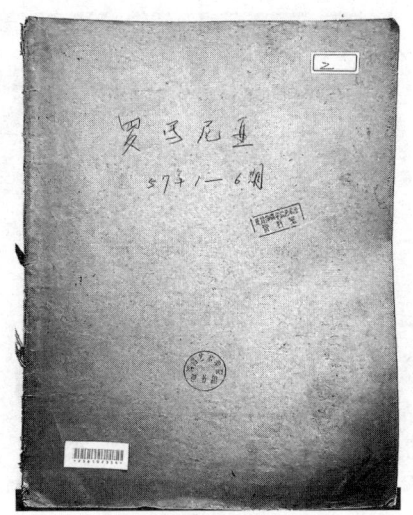

图 3.3 开封师范学院艺术系
时期教学资料 2

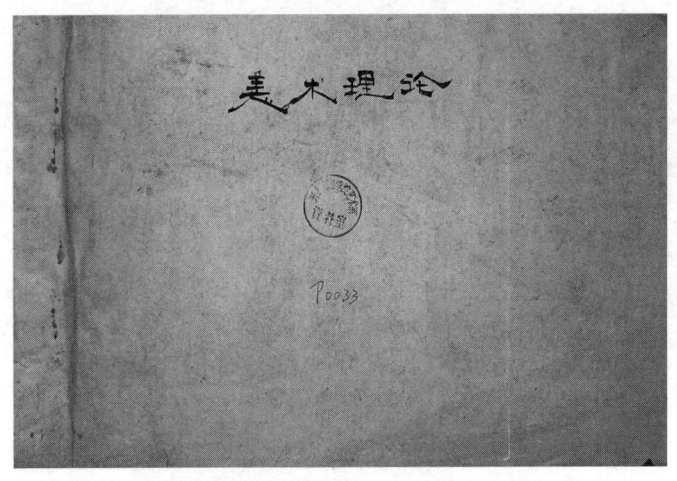

图 3.2 开封师范学院艺术系时期教学资料 3

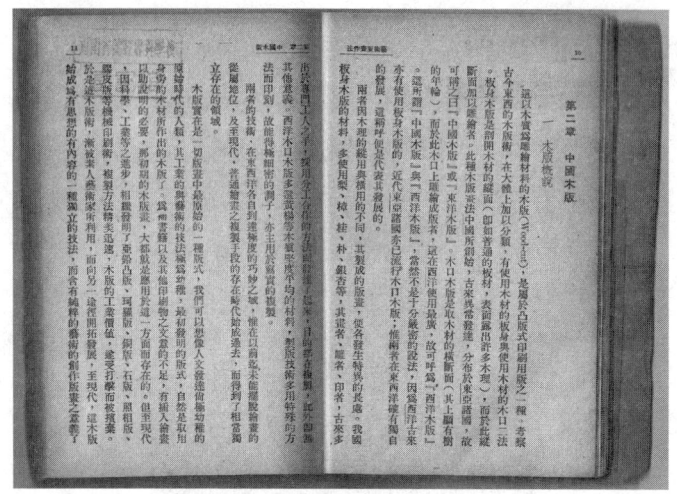

图 3.4　河南师范专科学校时期教学参考资料

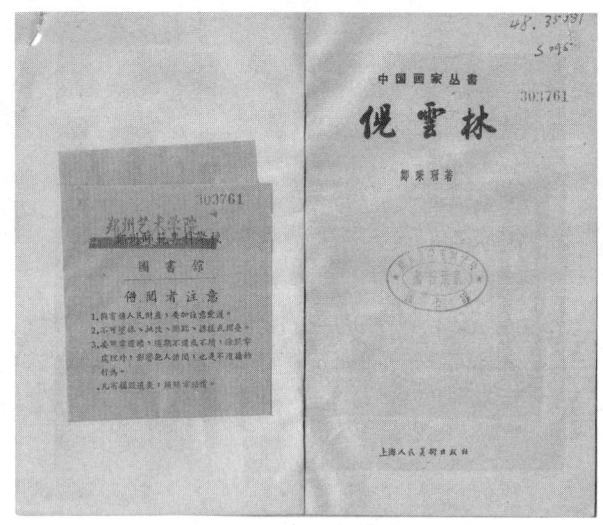

图 3.5　郑州师范专科学校时期教学资料

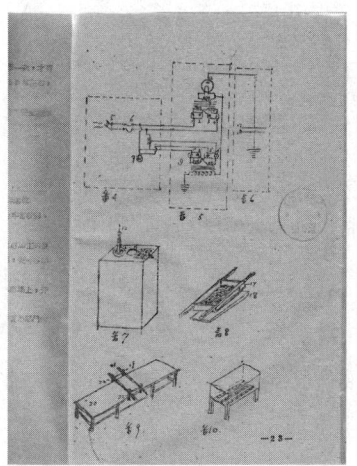

图 3.6 郑州艺术学院时期教学资料 1

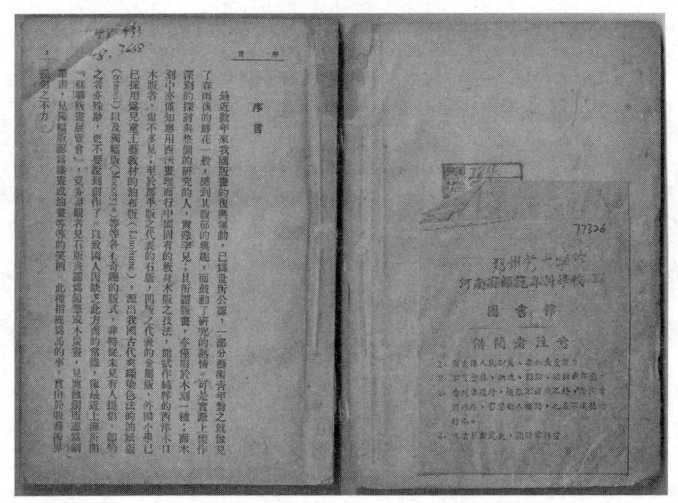

图 3.7 郑州艺术学院时期教学参考资料 2

四、"我是一个教师"

谢瑞阶数十年一直热爱着教育事业,他曾多次说过:"我是一个教师。有人说我是画家、书法家,我不敢承认,我却可以承认我是一个教师。"谢瑞阶觉得教师的工作很光荣,家族女性的遭遇、军阀重金求画等事件都坚定了谢瑞阶献身教育的决心。

韩愈在《师说》中说:"师者,所以传道受业解惑也。"谢瑞阶认为,作为一个美术教师,他不单纯是教美术的,也就是说不单纯是授业解惑、光教写字画画,更主要是"传道",要教学生应该走什么路、成什么人。因为书画是叫人学的,接受教育的是人。如果教不好,没有正确的思想,那么学生掌握了绘画技术以后,就不会为人民办好事。所以,教书必须教人,教人必须传正道,他时时处处没有忘记这一条。

在开封艺术学校、师专艺术科和郑州艺术学院时,他就发动教师教书、教人,对学生全面负责,既教业务技术,又教学生应该走社会主义道路,成为又红又专的艺术人才。因为艺术专业课多是实践课,又多是个别教学、个别辅导,把思想政治工作和专业教学结合起来一道去做,收效颇大。几十年的经验证明,发动教书、教人,不仅是加强学生思想政治教育的重要方法,对于教师的思想教育也起到了很好的作用。

谢瑞阶用慈父般的爱心和平易近人的言行赢得了学生们的爱戴,经常有学生成群结队地到他家中,一边玩耍,一边求教,无拘无束,十分融洽,就连他的夫人和子女都与学生们的关系极好,这种亲密的关系持续了几十年。

1937年至1945年全面抗战时期,谢瑞阶随所在的学校开封女师迁到豫西南的内乡县夏馆镇,因地处偏僻山区,离战线也远,相对平静一些,教学也能正常进行。但是在1945年春夏之交出现了一次险情。一股日军突然窜犯夏馆,守军望风而逃,校长不顾师生私自逃命去了。这些十几岁的女学生大部分是外地人,无处躲藏,惊恐不已。谢瑞阶不顾个人安危,将家属交给当地一位农民,他与另外一位老师带着几十名学生,自寻路径,翻越熊耳山,往卢氏方向奔去。山路崎岖,没吃少喝,艰辛自不待说。所幸日军没有久留,师生得以安全返回。学生们对谢瑞阶的忘我行为感激不尽,而谢瑞阶却因多次蹚越河水而患了风湿腿疾,几十年未愈。

1982年初,他向前来看望他的学生们说:

> 从我一生的工作、为人、言行等方面,我总结出了六个字……这六个字就是:"刚健、笃实、辉光。"
>
> (一)要刚健,也就是说要刚强。我认为光刚不行,刚愎自用就更不对。不但要刚,还要健康,就是要健康。做人也好,画画也好,写字也好。要立得正,站得住,不要做软骨头!
>
> (二)要笃实,这就是要实实在在,要厚道,不要刻薄,待人接物都应如此。
>
> (三)要辉光,就是要光明正大,不搞阴谋,计算人。……为人光明磊落,襟怀坦荡,我们就要做这样光明正大的人。①

---

① 谢瑞阶:《我要给同学们再上一课》,载巩县志编纂委员会总编辑室编《巩县文史资料》第八辑,第4页。

他对自己讲课内容的要求是深入浅出。也就是说,所讲内容要扎扎实实,要有深度,富于哲理,给学生以真知。但语言一定要浅显易懂,决不故弄玄虚,让学生听了不懂,看了不会。同时,还要有条理,层次清晰。否则,好像一堆乱麻,即使麻再好人们也都不会喜欢的。至今,他的学生们对他讲课时的生动情景记忆犹新:"老师以艺术家的风度讲艺术,句句珠玑。同学们在艺术的熏陶下获得了绘画知识、构图、用笔、设色、题词、印章,一时顿开茅塞,总觉得时间太短,兴致正浓就下课了,只好盼望下节课的到来。"①

谢瑞阶上课时,开头只讲三言两语,接着便把一张大白纸钉在黑板上,他一手执画笔,一手托调色盘,手腕悬空作画。他一边讲,一边作画,讲到哪里,画到哪里,意到笔随,在学生们的赞叹声中一挥而就。在题画时,他也是一边讲题词和画的关系,一边随手题上。平时,讲课也好,写文章也好,与学生谈话也好,他也是从不啰唆。在不给学生留疑难的前提下,能用三句话说清的就决不用五句话。写信也是这样,他向来不写长信。

谢瑞阶十分重视"身教胜于言教"的古训。他认为:当教师,言教身教很重要,不能光动嘴教训学生。因为教师在学生心目中享有较高的威信,教师的话学生比较相信,教师的行为对学生有潜移默化的影响。教师必须严格要求自己,做学生的楷模。如果自己不以身作则,在学生面前就没有威信,学生就不听你的。他非常热爱学生,将一片热诚奉献给青年一代,对学生推心

---

① 徐玉坤:《河南教育名人传》,河南教育出版社,1989,第487页。

置腹,肝胆相照。他说:"教师好比是个染缸,学生好比是素丝,教师教育学生就是染。《墨子》上说过:'染于苍则苍,染于黄则黄。'这话我记得很清楚。所以,我当教师一言一行都很注意。从我内心来说,我决不染坏一个人。"[①]总结38年的教育生涯,虽然经历了许多曲折,但他自己觉得无愧于学生。甚至在十年动乱中,他没有掉过泪,没有失过眠。他丝毫不胆怯,数十年做事问心无愧。学生们都以他作为自己的楷模,不仅向他学绘画,学书法,而且照着他的样子做人。直到晚年,他仍然时时处处把自己当作一个教师来严格要求自己。他的模范言行也像教师一样影响社会上的"学生"们。一个青年同志,听说谢瑞阶每到一处,临走时总是要将住室打扫得干干净净的,深受感动,就照着他的样子做,每天早上班,晚下班,早晚都把办公室打扫一遍。还有个同志听说谢瑞阶在家中从无粗言暴语后,他克服了自己急躁粗暴的缺点,说话态度和气,语言文明。家里人都说他自从见了谢先生以后好像又变了一个人。

他一生襟怀坦荡,行得正、站得直,绝没有当面一套,背后一套的事。不要说在当教师时期,就是在"文革"中他遭非人批斗时,也只有人对他的作品加以歪曲批判,而没有一人能提出他在个人品德上的"丑闻"。因此,他在学生中是一位虽无"威"却很有"信"的老师。

在中华人民共和国建立前的长达25年的教育生涯中,谢瑞阶也遇到过一些困难的问题,除了社会政治大局方面的问题以

[①] 徐玉坤:《河南教育名人传》,河南教育出版社,1989,第488页。

外，困难主要来自"学派"的排挤。这里所谓的"学派"不是指学术研究的流派，而是指在教育界教师队伍中长久存在的一种人事上的宗派，它通常以毕业的学校来划分，因而被称为"学派"。如果校长是位有教育事业心的人，这个问题就不太突出；如果校长是个只重私利的人，这个问题就必然严重。谢瑞阶毕业于上海美专，在开封几乎没有同学，而且他从不愿去以不正当手段巴结当权者，所以就很容易陷于孤立的地位。最严重的一次是在1934年前后。

1932年谢瑞阶所在的开封女师换了一位新校长，那人大量重用他的同学和亲友，不属此列的均遭排挤，谢瑞阶首当其冲，他的教课钟点被一减再减，生活面临困境，不得已于1934年秋季赴北平谋生。后来，由于那位校长重用的人多不胜任，引起大部分师生的强烈不满，几乎闹起了学潮。省教育当局看势不妙，赶快再换校长。在学生的一致要求下，新校长重新聘用了谢瑞阶。谢瑞阶于1935年夏季回到了开封女师继续教课。这件事给校方一个教训，此后"学派"势力有所收敛，这在客观上巩固了谢瑞阶在省会教育界的地位，而谢瑞阶自己则更加坚定了认真当好教师的信心。

即使再多的曲折也没有削弱谢瑞阶对教育的执着，在1956年，54岁的谢瑞阶申请加入了中国共产党，成为中华人民共和国成立后河南第一批入党的高级知识分子。据做入党外调工作的赵舟进回忆说："谢瑞阶给我印象最为深刻的是，他是一位进步的民主人士。表兄虽然是省里的领导，但他并未有任何求助。"这足以说明谢瑞阶是何等的自立、自强。

谢瑞阶曾当选河南省第一届、第二届、第三届人民代表大会代表；1960年5月，赴北京出席全国教育和文化、卫生、体育、新闻方面社会主义建设先进单位和先进工作者代表大会（简称全国文教群英会），被授予全国先进工作者称号；1964年11月，当选为中国人民政治协商会议第四届全国委员会委员，并赴北京参加会议；1991年5月，被中共河南省直机关党委评为优秀党员。

事业发展了，但道路是曲折的。在连续不断的政治运动的大环境中，文艺上的极左思潮和"大跃进"的浮夸之风必然要在艺术教育中反映出来。美术教学中的基本功画石膏像和音乐教学中的弹奏练习曲被有些人说成是"崇洋复古"，有些基本功还没练扎实的人也扬言要在短期内成为超越某大师的艺术家，谁若提出异议，就会被扣上"右倾保守"的帽子加以批判。一贯脚踏实地的谢瑞阶在这种情境下感到一种从未有过的困惑和茫然。

在1962年，郑州艺术学院还是被撤销了，部分专业的老师和学生并入开封师范学院，其余宣布解散，时年60岁的谢瑞阶被调往省文联工作。对于省里文教主管部门的这一决定，谢瑞阶一直迷惑不解。他心想，我们一个河南省比法国全国的人还多，人家有多少艺术院校？国家财政虽然有困难，但还不至于连一所艺术院校也养不起吧？难道我们的下一代就再也不需要艺术教育了吗？应该说，他在这里着眼的不是个人的得失利害，而是民族素质的大问题。然而，他的这些疑问没有人能给他一个明确的答复，除了一纸撤销公文之外，没有任何说明。事过多年,今日回头去看,当时这一决定显然是短视的。如果说谢瑞阶在新中国有什么遗憾的话,郑州艺术学院的被撤销就是第一桩大的遗憾,它给谢瑞阶心灵上的打击甚至超过"文革"中的残酷批斗。

谢瑞阶在离开教育界之后,仍然关注着教育界的事情,经常有老学生和慕名者前来向他求教有关艺术教育的问题。他离休以后,谢绝了一切社会应酬,但从不拒绝学校的邀请。在与青年人座谈时,他已不再着重讲述有关艺术创作方面的问题,而是以自己的亲身经历现身说法,漫谈有关人生的哲理,态度平易、语言生动、哲理深刻、头脑清晰,深受年轻一代的欢迎,使他们获益颇多。

对于时间,他从来是十分珍惜的。在幼年时,父亲曾教他读过《晋书·陶侃传》。陶侃有一段名言,他始终铭刻肺腑:"大禹圣者,乃惜寸阴,至于众人,当惜分阴。岂可逸游荒醉,生无益于时,死无闻于后,是自弃也!"作为一个教师,他不仅注意珍惜自己的"寸阴",更注意珍惜学生的"寸阴"。他是怎样做的呢?首先是认真备课,教给学生以扎扎实实的知识。其次是认真讲授,充分利用有限的时间多给学生讲一些知识,真正让学生听懂、学会。他从不缺课和迟到。为了节约时间,他在课堂上从不点名。因为他对学生十分熟悉,一看就知道缺课的是谁。他曾经对学生们说过:"我们不怕死,但决不轻生。我们要珍惜生命,珍惜时间,要利用人生有限的时间去为人民多做一些好事,也就是要用有限的生命去创造无限的生命。"

漫长的教师生涯,没有给谢瑞阶带来多少物质财富,直到晚年，他仍然过着十分清贫的生活。他对此不仅没有任何怨言，而且经常说"我这一生最愉快的事就是选择了教师这个高尚的职业"。当然，就精神方面来讲，他不是一无所获，他获得的是学生们的爱戴和社会的尊重。在他晚年逐渐退出社会活动以后，仍不断有老学生去看望他，这种情谊完全没有利害关系的成分，它是一种用金钱买不到的人间真情。

谢瑞阶是河南省德高望重的艺术教育家。他为河南省培养了大批的艺术人才，做出了巨大的贡献。他的学生遍及省内外，可谓"桃李满天下"。其中有的已成为教授、副教授。河南省的画家，多数是他的学生。人们都称颂他是一位"人民的教育家、人民的画家"。

谢瑞阶热爱家乡，十分关心社会艺术教育。1962年以来，他多次在全省范围内，举办过美术、书法讲座，国画技法演示和国画、书法学术报告会，为普及美术教育做出了贡献。他特别热爱青年，谆谆教导，寄予厚望。他对来求教的中青年美术爱好者反复叮嘱："艺术不宜有丝毫尘浊，一时为名利，作品则必庸俗"，"要像蚕食桑叶而吐丝，蜂采花粉而酿蜜，终身艰苦储蓄，脑海丰富，才能取之不竭"。他曾吟诗"青灯不限前程近，白发顾有后辈贤"。

1982年夏，美国堪萨斯大学河南考古研究组访华代表团来到郑州，经代表团再三要求，由河南省外事办公室安排，邀请谢瑞阶做了题为中国传统绘画特色和"六法"的学术讲座，受到了代表团的热烈欢迎和称颂。美国堪萨斯大学艺术史教授和美籍作家邝耀文撰文高度评价了谢瑞阶的艺术成就和对中国艺术教育的卓越贡献。1984年4月,美国东方文艺学会邀请谢瑞阶去美国讲学。1985年以来,他受聘在河南省老干部大学任教,系统讲授了隶书、行书和草书等课程,教学效果较好。并编著了《隶书简述》《行书简述》《草书管见》等书法教材。

  为表彰谢瑞阶在教育和艺术方面的贡献,1994年11月11日,《河南日报》头版头条刊登长篇文章《大河赤子》把他称为"知识分子的杰出典范"。1996年6月,94岁高龄的谢瑞阶被中共河南省委授予"河南省优秀共产党员"称号。

第四章 专业创作随行

"我虽然在教学事业上耕耘,但我在教课之余也结合业务和社会需求进行美术创作,一方面提高自己,一方面提高学生对美术的兴趣,发挥美术事业的社会功能。"①

一、西洋画创作

谢瑞阶献身艺术教育的同时,没有忘记专业创作。他是黄河流域人民大众家喻户晓的大艺术家,在全国美术界拥有很高的知名度和声望。他在绘画上的成绩是多方面的,在油画、国画、水彩、书法等方面均有造诣,尤其突出的是以黄河为题材的艺术创作,他的笔名就是黄河老人。

他是一位极具创新精神的艺术家,采取"古为今用""洋为中用"的方法,在他的中国画艺术中形成了中西合璧、融会贯通的局面。他将西洋画的色彩、透视和对体积、三度空间的处理手法,有机地与中国传统绘画中的笔墨线条以及整体章法气韵融合在一起,使自己的山水画在中国画坛上独树一帜。这一切,与谢瑞阶最初以学习西洋画而步入艺坛有着重要的关系。

谢瑞阶在求学的时候学的是西洋画,20 世纪 20 年代,主要

---

① 谢瑞阶:《说说我这一生(下)》,《中州今古》1994 年第 6 期。

是油画、水彩画和粉画。所画的静物、人物题材大多选自农村，借鉴了年画和寺庙壁画的手法和形式，作品具有东方艺术美感。1924年从上海美术专科学校毕业回来后，谢瑞阶先回到了巩县，画了一幅油画风景写生《洛河早晨》(29 cm×30 cm)(图4.1)。

图4.1　洛河早晨　油画　1924年

这是一幅仅30厘米左右的小幅风景画。火红的朝霞显得浓烈，甚至有些沉重，把河水映照得金黄透彻，黑压压的远山之间，炊烟袅袅飘忽，几只水鸥展翅飞翔，掠过闪烁的波光，搏击着静静的空气。洛河早晨，短暂的静寂，天空中乌云与朝霞的厮杀，预兆着生活的不安，青年画家对家国的忧心跃然纸上……朴厚的画风，使小幅作品观感博大。平实得无懈可击的构图章法，以及极富表现主义风格的主观性强的用色，可看出青年画家谢瑞阶的艺术才华与品位。要知道在当时的中国画坛上，屈指可数的油画家大多是留学西洋或日本的，谢瑞阶虽未留学东洋、西洋，其《洛河早晨》的艺术水准绝不亚于他人，在一定程度上代表了当时中国油画的成就,至今油画后学们也不得不为之折服。①

图 4.2　凤尾兰　油画　1925 年

1925 年秋天的时候,谢瑞阶开始在开封北仓女中教美术、音乐课。其间,画了油画花卉写生《凤尾兰》(57 cm×47 cm)(图 4.2),是一幅描绘校园风光的风景画。

在这幅油画中,他把女中比拟成花园,一片百花斗艳的花园。凤尾兰在月季、玫瑰、剑兰等百花的簇拥下,闪亮着洁白的身影。描绘花丛,对于油画家并非易事,表现不好很容易掉入自然主义媚俗的泥潭,繁杂而艳丽的颜色控制难度极大。然而,谢瑞阶把这茂密的花丛处理得十分端庄、有序。"扇面形的剑兰,奠定了画面下端的基础,配之以几朵红花以破深蓝的单一,白色的凤尾兰作为支柱在画面中轴线上挺立,占住画面视线的黄金位置,两者构筑了画面的骨干,其他花卉错落相间,大小相辅地烘托着白色的凤尾兰,远处的校舍灰暗色,静静地陪伴着;红色的校牌和窗户与近处丛中的红花遥相呼应,似不经意而又是刻意安排在花园深处,美人蕉

---

①　参见曹新林:《精神情怀的闪光——谢瑞阶先生早年油画艺术追探》,《美与时代·美术学刊》2010 年第 3 期。

下专心读书的女学生,身着当年时尚的蓝衫。也许这才真正是画家立意之所在,是署名"凤尾兰"的深层含义,画龙点睛般地将色彩斑驳的花丛引向了文化思考的境地,引向了对知识性女子倾情的人文情景之中。此时的他,正值青春涌动,一颗赤心使他的眼光里的校园变得如此芳香与美好,北仓女中、凤尾兰、荡漾着浓浓的春情,令人神往与醉意的花园……"①

图 4.3 瓜农 油画 1926 年

油画《瓜农》(92 cm×61 cm)(图 4.3)创作于 1926 年,当时

---

① 曹新林:《精神情怀的闪光——谢瑞阶先生早年油画艺术追探》,《美与时代·美术学刊》2010 年第 3 期。

的条件非常艰苦,但是依然无法阻挡谢瑞阶对绘画的热爱,这幅画是他早年从事西洋画的代表作品之一。"初登讲台,缺乏经验,基础知识不扎实,加当时社会黑暗重重,我的处境是很困难的,甚至连饭碗也保不住,只得节衣缩食,刻意自修。"①油画《瓜农》(原名《苦尽甘来》人物原型为同乡农民李冬至。原作画幅较大,背景中还有一赶驴的人和田地,后因画布朽损,只保留中心人物部分)等,便是那时的习作。这幅画表现一位瓜农在历尽苦难的挣扎之后,初得一点劳动收获而略喜慰之情的画面,表现出勤苦耐劳的中国劳动人民在苦难的深渊中奋力挣扎、勤劳勇敢、自强不息的顽强精神,寓意之深,在当时的艺术界正如一枝出淤泥而不染的莲花一样,这也是他自身处境的写照。

1926年,谢瑞阶又作油画人物《北仓女中学生校外读书图》等多幅作品,并在开封刷绒街河南省图书馆临水楼举办个人画展,展出油画、水彩画和素描等三十余件,大部分是写生画,小部分是临摹西洋名画。这是他首次个展,作品展出后,给这个传统文化色彩很重的古城带来一股新鲜的艺术空气,这次展览在当时开封美术界很有影响。

1928年作油画人物《慈母手

图4.4 少妇 油画 1930年

---

① 谢瑞阶:《说说我这一生(下)》,《中州今古》1994年第6期。

中线》。1929年作油画人物《母婴图》(一位年轻母亲抱一婴儿在田野上伫立),此画在北仓女中张挂多年,后在抗日战争中被日本兵烧毁。1930年作油画肖像《少妇》(60 cm×40 cm)(图4.4)。

1931年冬,谢瑞阶作油画人物《老农》(52 cm×40 cm),那慈祥的笑容象征着对生活的热爱;同年赴华山游览写生,留有铅笔淡彩风景画《华岳五峰》等。

1934年春,谢瑞阶与北仓女中师生集体赴山东泰山、曲阜游览写生,而后作油画风景《泰山松》(56 cm×44 cm)(图4.5)。

图4.5 泰山松 油画 1934年

油画《泰山松》是幅表现崇高美的作品,创作此画时,谢瑞阶年方22岁,正是满腔热血、壮志凌云的年华。对英雄的崇拜、对人格力量的追寻,使谢瑞阶的目光投向了人生价值的终极追求。挺拔的松树屹立在无限风光的险峰,涌动的云天一片金黄,疑是松叶放射的光芒,坚硬而沉重的悬崖上,闪烁着碧绿和粉红的光点;青蓝的远山陪衬着大树,如军团的战士簇拥着将军,瀑布散发的烟云在深谷漫游,传诵着山间的神秘。他将中国山水画的构图同油画造型和色彩技法较完美地结合在一起,抒发自己壮志凌云的豪情，谱写出一章壮美而崇高的英雄交响曲。①

1949年中华人民共和国成立后，为省会开封庆祝开国大会作油画《毛泽东肖像》(130 cm×90 cm)。1951年7月，赴舞阳县石漫滩水库工地(国家大规模治理淮河的重点工程之一)深入生活，速写甚多。回校后作油画《修水库的人们》(60 cm×150 cm)等；秋，为省会纪念鲁迅70周年诞辰大会作油画《鲁迅肖像》(130 cm×90 cm)。1953年8月，读苏联小说《钢铁是怎样炼成的》有感而作油画《保尔·柯察金像》(120 cm×80 cm)。

图4.6 黄河三门峡全景 油画 1955年

1955年10月，在国家大规模治理黄河规划的鼓舞下，谢瑞阶开始到黄河沿岸深入生活，在三门峡水利枢纽工程等处写生甚多，作油画《黄河三门峡全景》(38 cm×182 cm)(图4.6)，此画是在工地写生而成，画在四块连起来的胶合板上。画中运用了中国画的散点透视法，开阔了视野，在浪花的画法上也有新的创造，整幅画的布局也是按照中国人的审美习惯来安排的，这种手法在当时的艺术界来讲，无疑是具有创造性的。曹新林对谢瑞阶早年的油画评价说："他那全新的绘画方式和艺术水平轰动了开封省城，一个20多岁的年轻人已被公认为省内最优秀的最

---

① 参见曹新林：《精神情怀的闪光——谢瑞阶先生早年油画艺术追探》，《美与时代·美术学刊》2010年第3期。

有影响的青年画家,实际上谢瑞阶已经成为河南美术史上第一位油画家。"这幅画 1957 年由河南人民出版社出版单幅油画。

谢瑞阶先生早年的油画,和他同时代有成就的艺术家一样,由于具备了艺术家的第一品质真诚,由于在世纪初迎来新文化曙光的兴奋而引发出艺术的天赋,由于能把一个人精神世界与民族的安危紧紧地扣在一起,由于自始至终对人生品位极限的追求,使他获得成功成为可能……当艺术家把自己的身份置于人民大众之中,视自己为普通公民的一分子,同时把自己为之奋斗的事业紧紧地拧在国家与民族的利益上,此时,也只有此时,艺术家的胆识、智慧、灵性与才华才有了更加伟大的价值,其情感将显得光彩照人。在这种前提下,艺术家在创作中必定会有一种对技巧的'无所谓',或者说对情感表达的手段与方式的驾轻就熟、游刃有余,对东方西方文化的吸收与选择表现出一种超然大度的风范。①

二、中国画创作

大约在 20 世纪 20 年代末 30 年代初,谢瑞阶感到纯粹的西洋画与中国民众的欣赏习惯有些距离,而中国画则更适合表达中国人的思想感情,也更易于为多数人接受。于是,他决心重新学中国画。这回他没有按传统的办法去投师拜门,而是完全靠

---

① 曹新林:《精神情怀的闪光——谢瑞阶先生早年油画艺术追探》,《美与时代·美术学刊》2010 年第 3 期。

自己揣摩钻研。

在进入学校学习西洋画以前,谢瑞阶曾依照《芥子园画谱》所讲的方法自学过中国画,并且接受过民间画师的指导,在中国画的笔墨技巧上多少有点基础,自学起来并不很困难。在山水画方面,他主要师法宋、元时期的马远、夏圭、范宽、李唐诸家;在人物画方面则侧重学习清代的黄慎和上官周。一部上官周的《晚笑堂画传》使他受益匪浅,上海有正书局出版的连版书《古今名人画稿》也给他带来博采古今诸大家的机会。由于他十分勤奋,进步颇快,且有意或无意地把传统的技巧与西洋画的画法结合起来,因而收到事半功倍的效果。

1934 年作《草鞋老农》(102 cm×80 cm)。同年,谢瑞阶将他自己讲课的讲义整理并增加绘图编辑成一本国画技法书——《人物画法简述》。一面用明晰的例图和简要的文字讲述传统的人物画法技巧,另一面又扼要地讲解西洋的艺用人体解剖学,这在当时是比较新鲜的。该书于 1935 年元月由北平静文斋书店出版发行。由于实用性和可操作性比较强,颇受初学者的欢迎。

1935 年夏天,谢瑞阶画的一幅国画人物《朗吟飞过洞庭湖》(130 cm×65 cm),入选了当年在南京举办的全国美术展览。此作以遒劲的笔墨和昂扬的格调引起画坛的注目。当时著名的美术刊物《美术生活》在报道介绍此届画展时,特意选登了这幅画。此画的备受重视和《人物画法简述》的出版,标志着谢瑞阶在中国画学习方面已基本成熟,并奠定了他在河南画坛的基础,此时他年仅 33 岁。

1936年春天,谢瑞阶重游少林寺,后作国画青绿山水《嵩岳草堂图》(98 cm×34 cm),上题:"重游少林白马地,南觅卢鸿旧草堂",写意人物画《川流不息》(图4.7)等。

谢瑞阶随所在的学校——开封女师迁往地处豫西伏牛山区的内乡县夏馆镇,1945年3月30日,日军入侵夏馆,为避日军,谢瑞阶带领一批学生翻越熊耳山至卢氏县,日军过后又回夏馆,路途中作山水速写甚多。当时的夏馆山清水秀,一派世外桃源风光。由于地域偏僻,离战线又远,工作与生活相对平静一些,这使得谢瑞阶有机会在长达七八年的时间里对大自然进行广泛深入的观察研究,无形中促进了他在山水画方面的发展。

1945年8月15日,日本投降。在等待东归时,谢瑞阶作多幅国画,较重要者有人物画《秋江独钓》

图4.7 川流不息 1936年

(82 cm×31 cm)画面上部是陡峭远山,下半部是一老翁在小船上向江中垂钓;国画青绿山水《子声丁丁》(136 cm×32 cm)画面上部是奇异群山,下部是一块屹立在河边的大怪石,石上有二位老人在下棋,石下有个童子在谛听。

1946年夏天,谢瑞阶在开封徐府街一座机关礼堂内举办个人画展,50 余幅作品全是国画,人物、山水、花卉、鸟虫均有,其中山水画占了较大的比重,连同他此后几年的作品来看,他的山水画已经显出一种新的风格。虽然画中的点景人物还是传统的古装人物,笔法也基本上是传统的技巧,但作为主体的山水景象已与传统的山水画很不相同。一方面它基本上都是来自写生而非摹写古画,另一方面谢瑞阶运用了一些西洋画处理形象的手法,使画面看上去不仅真实自然,而且峻峭雄伟。尤其是在水纹和浪花的画法上,与传统的勾线技法相比有了较明显的发展。这给他以后在山水画上的发展打下了坚实的基础。

1948 年春,谢瑞阶作国画山水人物《一呼山岳动》(116 cm×66 cm)(图 4.8),主题是幽静的风景。画面上是二位古装人物在一座向前突出的巨型山崖下向飞上高空的白鹤呼唤。此画比较精致,山岩的形状和棱角,以及立体感都显示出他在西洋画法方面的功力。这幅画的下部,水流从岩石间淌出,运动感很强,翻腾的浪花和飞溅的泡沫被画得极为生动,这些特色都可在他晚期创作的黄河画中见到。① 这幅作品,被视为他当时山水画的代表作。

谢瑞阶在 19 世纪 40 年代逐渐转向侧重画山水画时,并没有放弃人物画。由于那时国画极少有画现代人物的,所以他的国画人物也基本上是古装人物。老人居多,仕女较少,题材及意境多数取自古诗文,其笔法也较 30 年代有进步。

---

① 参见何彧、张海:《黄河魂——谢瑞阶书画评论集》,河南美术出版社,2000,第 97 页。

图 4.8 一呼山岳动 1948 年

纵观谢瑞阶在 20 世纪 30 年代中期至 40 年代末期的国画作品,似有较明显的出世思想情调,个中原因,除了那时的国画界在表现内容上普遍远离现实外,还隐约地透露出他对当局的不满和对社会世风日下的忧虑与厌恶。

1949 年中华人民共和国的成立,给谢瑞阶的绘画艺术带来了新的活力。随着社会的发展,他在绘画的内容上和形式上都有较明显的变化。人物画从古装人物转为现代人物,山水画从单纯的自然风景逐渐转为反映祖国建设新貌的内容。

图 4.9　草鞋老农　1949 年重画　1980 年加题

1949 年 10 月,谢瑞阶重画国画人物《草鞋老农》(102 cm×80 cm)(图 4.9),题词"展望前途",表达出对新生活的期望,此题词后被裁去,1980 年补题自作诗一首:"自己要走自己路,扎紧鞋带莫迟误。种瓜种豆各有得,何必依样画葫芦。"同年 10 月 8 日,作国画新人物《修电线工人》(70 cm×60 cm),题词:"创造光明,照灭了人间的黑暗。"表达了对共产党的敬意。

发源于河南南部的淮河,在中华人民共和国成立前是条经常泛滥成灾的河流。1951 年,国家大规模地对淮河进行治理,这空前的壮举激励了谢瑞阶,他亲赴治淮的重点工程舞阳县的石漫滩水库工地实地写生,回来后创作了一些反映此项大工程的作品。这是谢瑞阶第一次描绘新中国的建设景象。它标志着这位从旧社会来的画家已经把表现的对象从远离社会的高山隐士转向蓬勃的社会现实。

图 4.10　一定要把淮河修好　1953 年

1953 年谢瑞阶作国画《一定要把淮河修好》(89 cm×53 cm)(图 4.10),内容和之前所画的油画相似,但构图与人物设置很不相同,这是用国画技法描绘建设题材的首次尝试;同年秋,赴平顶山煤矿写生,后创作国画《日以继夜》(勘探钻塔)、《崇峰插天际》(矿区山景)等一批反映地质探矿的作品。

图 4.11 植树能手 1954 年

1954年10月,谢瑞阶以林县劳动模范石玉殿为模特,作新人物国画《植树能手》(100 cm×90 cm)(图 4.11)。画面中,满脸皱纹的石玉殿在察看果树花枝,此画以近似工笔的画法细致地描绘了这位纯朴善良又饱经风霜的老人的面部,其他部分则从简。它在谢瑞阶的新人物国画中具有代表性。1955 年新人物国画《植树能手》和旧作国画山水《一呼山岳动》一同入选在北京举办的全国美术展览,受到各界好评。评论家常任侠等认为他在运用传统国画表现劳动人民上有独到的创造。

黄河是中华民族的摇篮,黄河流域山河壮丽、资源丰富,在相当长的历史时期曾是我国政治经济和文化的中心。但是,由于历代统治者的腐败,黄河得不到治理,中上游水土流失严重,下游洪水不时泛滥给我国人民带来了深重的灾难,成为举世闻名的害河。从小在黄河边长大的谢瑞阶对此更有真切的感受。因此,20 世纪 50 年代中期,谢瑞阶开始画黄河,这个题材逐渐成为他晚期的绘画重点,并取得了成功。这个题材的确定并不是事先安排好的创作计划,而是被一种感情驱使的结果。谢瑞阶生长在黄河之滨,他的出生地巩县焦湾村离黄河只有十来里,自幼耳闻目睹,深知黄河的厉害,黄河几乎成了灾难的同义语。

新中国成立后,我满怀激情用绘画来歌颂党所领导的土地改革和翻身农民的喜悦。从1955年开始,我的美术创作主要转入黄河题材上来。在黄河的外貌上,看来很少可供游人玩赏的青山绿水,只是在沙滩、峡谷、黄土和平原大地上蜿蜒数千里的一条巨大泥流。然而,一旦认识了它那大度有容,自强不息的高尚品格,将会肃然起敬地和它结为忘形之友,以满腔热情去歌颂它,使之扬名于世界,更大的造福于人类。黄河对中华民族的生息、成长、发展,都有深远重大的意义,所以历代对它的治理都付出过无比的努力。夏禹的父亲,因治水不成而被杀,但禹仍然不畏艰险而继承父业与洪水做斗争,乃至三过其门而不入,成为千古流传的格言佳话,如是种种,都给我以怎样作人的启示和激励,也可能就是后来我画黄河的潜在因素。①

1952年10月30日,毛泽东主席视察了黄河,并发出了"要把黄河的事情办好"的伟大号召。1955年国家就制定了治理黄河的长远规划,这个宏伟的规划表达了亿万人民的心愿,体现了党对人民群众的关怀,十分鼓舞人心。

---

① 谢瑞阶:《说说我这一生(下)》,《中州今古》1994年第6期。

  30多年来,黄河流域人民和广大治黄职工,积极响应毛主席的伟大号召,以"愚公移山"的精神,转战大河上下,在根治黄河水害、开发黄河水利资源方面,取得了巨大的成就。在下游,千里大堤培高加固,经受住几次特大洪水的考验,新中国成立以来,从没有发生决堤;在中上游植树造林,减少水土流失,在全河的干、支流上建成了上千座大、中、小型水电、水利工程,有力地支援了国家建设。看到这种史无前例的丰功伟绩。我抑制不住内心的激动,想用画笔画出这黄河的新面貌。①

在这个宏伟蓝图的鼓舞下,已是五十多岁的谢瑞阶不顾腿疾的折磨,在黄河水利委员会的直接帮助下,于1955年10月开始多次到黄河沿岸实地深入生活。所见所闻,令他振奋,一种创作的欲望油然而生,他决心以自己的画笔抒发对这条母亲河的情感。

  三门峡水电站是我呆的时间最长的地方,这个工程的几个主要阶段我都看到了。在这个工地上,我受到了很大的教育。我第一次到工地时,看到那里放着很多装物资的大木箱子,上面标着"北京发"、"上海发"、"哈尔滨发"、"海南岛发"、"重庆发"等字样,这使我心里很激动,一个地方搞建设,全国都来支援。我是从旧社会过来的人,在旧社会从没见过这种场面。生活在治黄的工人、农民、工程技术人员和干部中间是很愉快的。他们胸怀宽广,朝气蓬勃,和他们一接触就会觉得有一股子热劲。有一次我要求和工人

---

① 谢瑞阶:《说说我这一生(下)》,《中州今古》1994年第6期。

同志一起坐吊斗车从横跨河身的铁索上滑到对岸去,这是有几分危险的事,他们看我年纪大,就劝我不要上,后来在我一再要求下他们才同意了。当斗车滑到河当中的时候,不敢往下看,脚下的黄水咆哮如雷,翻滚奔腾,一个个旋涡象水井一样深不见底,心里不由得害怕起来,嘴上不好说,只好闭上眼睛不看,可是同去的同志却神态消闲,好象坐上等火车一样,看看他们,我的胆子也就大了起来。有一次吊斗车在河当中出了故障,不走了,有几个工人冒着生命危险,硬是从铁索上爬过去排除了故障。这类事情在那里多得很。受到他们这种大无畏的革命精神的感染,我暗下决心,一定要把黄河画好,为根治黄河作出一份贡献。①

黄河波澜壮阔,奔腾咆哮,气势磅礴,观之令人神往。但它混浊厚重,变化无常,形象很难把握,原来绘画的技巧不足以表现其神韵,这促使谢瑞阶去探索与之相适合的表现手法。为了掌握黄河水运动的规律和特点,他在河边一待就是几个小时。遇到不懂的问题,随时向工程建设者请教。日子久了,自然就摸出一些门道,并逐步形成了他画黄河的特色。

在那几年的实地生活中,我初步熟悉了黄河的面貌及其特征,给以后的创作打下了基础。黄河流域的山水与别处的不同,与传统的山水画中的山水相差的更远,它有自己的特点,不掌握这些特点,那是根本画不好的,而这些特点是单凭主观想象或只在屋子里看图片所不能掌握的。黄河

---

① 谢瑞阶:《说说我这一生(下)》,《中州今古》1994年第6期。

的水含泥沙量是世界第一位。一般情况下,在下游的含沙量也有千分之三十七,比一般的河水多几十倍。再者,黄河的河床变化也大,有的地方窄狭陡峭,有的地方宽广平坦,在下游还是一个水面高出堤外面十几米的"悬河",这就造成黄河水独特的流动规律。它的波浪乍看起来就好象是泥塑成的,但是运动感却很强,很不容易画,弄不好,不是画成一般的河水,就是画成泥块块。我在三门峡时,就成天在那里看黄河水,过了好长时间我才初步掌握了画黄河水的规律。再画山,黄河流域的山主要在中上游,它基本上是黄土山,它的山峰不象桂林的喀斯特地貌那样异峰突起,山清水秀也;不象华山泰山那样悬崖峭壁,险峻异常。由于长久的水土流失,在黄土山上形成了变化多端的千沟万壑,它的林木较少,有些荒凉,但有的地方却草木茂密,一派生机,这些特点,不亲自观察是根本画不好的。[①]

生活是艺术的源泉,通过对生活深入细致、入微、入情的观察、研究,谢瑞阶感觉单用国画的传统技巧还是不能充分表现黄河的特色,便尝试着把西洋画的透视和明暗处理等技术运用到国画中来,把国画的笔墨和西洋画的笔触糅合起来,而又保持其国画的特色。从最终呈现来看,这种洋为中用、中西结合的办法是行得通的。

著名作家、编剧李準在评价谢瑞阶的人和画时说道:"谢老画黄河凭他长期对黄河的观察,逐渐掌握黄河水的流动规律和

[①] 谢瑞阶:《说说我这一生(下)》,《中州今古》1994年第6期。

特点,借助丰富的传统技法知识,精研马远的《十二水图》、赵黻的《江山万里图》,更汲取唐朝孙位、宋朝蒲永升诸人画法,以传统泼墨,结合西画明暗对比,这就浑然自成一家。他的黄河水汹涌澎湃,浊浪排空,使人好像听到咆哮的声音。"

图 4.12　神门放舟　1955 年

谢瑞阶在三门峡水利枢纽工程等处写生甚多,主要作品有国画《神门放舟》(70 cm×100 cm)(图 4.12),此画首发于《人民画报》,1959 年由人民美术出版社出版单幅画,并首次试用宣纸印刷,此画中的河水画法已较过去的山水画大进一步,并初成风格。除此之外,还有《中流砥柱》(127 cm×68 cm)、《黄河三门峡地质勘探图》(61 cm×177 cm,此画在参加第二届全国国画展览,后由中国美术馆收藏)(图 4.13)等。

图 4.13　黄河三门峡地质勘探图　1955 年　中国美术馆收藏

在中国山水画史上,擅长画水的画家不少,如南宋的李嵩、马远,金代的武元直,元代的赵雍,清代的袁江、袁耀。虽然他们画水的样式各不相同,但大多以线为主,整个水面几乎或都以一种画法完成,如近景画几排网状水,或画一两朵浪花,空白留得较多,显得简单、单调,水的气势也很小,文人的气息或工匠气息较重。而谢瑞阶笔下的水突破了前人画水的程式化束缚,创造了以点、线、面相互结合和以块面为主的两种画法。在以点、线、面相互结合的画法中,线的长短、粗细变化多端,与点、面完美地结合。

从20世纪50年代开始,我国的山水画创作先后完成了由题材之变到意境之变的历程。先是反映社会主义建设、表现建设的成果,有些表现改造山河的过程,谢瑞阶的作品《黄河三门峡地质勘探图》就是表现这类题材的。薛永年在《百年山水画之变论纲》中谈到这些变化历程时写道:"这些作品大多是以古法描绘社会主义建设中改造河山带给人民的幸福生活,虽然山水占了画面的绝大部分,但内容已大大不同于往昔,山水不再是图式化的程式而呈现了接近现实的可视形象。其中的人物不再是符号化的'点景',而成了改造山河为自己造福的主人,成了标示新文化观念的画眼。一些新的建筑、古画中所无的电线杆、高压线、烟囱与招展的红旗,纷纷出现。"[1]这也说明谢瑞阶的艺术创作一直是处在求新的路上。

鲁迅是谢瑞阶最崇敬的伟人之一,他青年时就曾受其思想

---

[1] 薛永年:《中国山水画之变论纲》,《新美术》2006年第4期。

及作品影响。1956年10月，为纪念鲁迅诞生75周年和逝世20周年谢瑞阶作国画《鲁迅像》（117 cm×60 cm）（图4.14）。此画与传统的人物画法不同，只细致地描绘面部，力求准确地表达出鲁迅的精神风貌，其他则从简。这种繁简结合的无背景国画人物肖像也是谢瑞阶的一种新尝试。

1959年9月，河南人民出版社出版了《谢瑞阶三门峡写生集》（图4.15、16），画集内含油画、国画和水彩画等29幅作品，展示了他在画黄河上第一阶段的成果，这也是河南人民出版社第一次出版彩色画册。

图4.14　鲁迅像　1955年

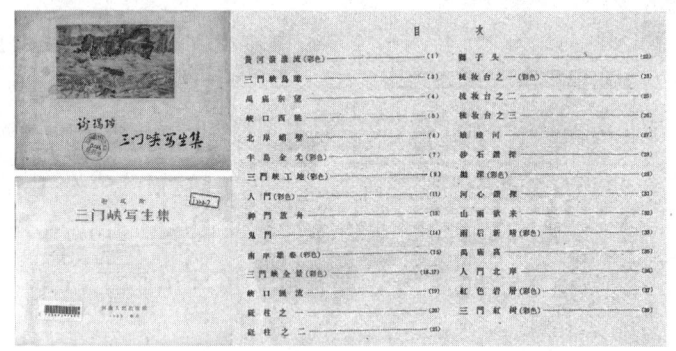

图4.15　《谢瑞阶三门峡写生集》　河南人民出版社　1959年

图 4.16 《谢瑞阶三门峡写生集》内部分作品

河南人民出版社　1959 年

  1959 年冬,北京人民大会堂建成,各省厅的布置任务均交各省去完成,河南省组织了由一位省委书记负责的布置工作班子,班子特别聘请谢瑞阶为美术方面的负责人,并邀请他亲自绘制两幅作品,其中一幅尺寸特别大,经过讨论,最后确定还是画黄河题材。他以写生油画《黄河三门峡全景》为基础,画了一幅大型国画《黄河三门峡》(145 cm×360 cm)(图 4.17)。这是他第一次画这么大的画,有一定难度,但最终取得了成功,作品挂上去后,受到河南领导和人民大会堂负责人的称赞。此画在形象、意境、气势和技巧上都超过了过去的作品,是谢瑞阶 50 年代画黄河的代表作。

图 4.17 黄河三门峡(局部) 1959 年 北京人民大会堂收藏

1960 年春节期间,谢瑞阶在北京作国画人物作品《大地春光》(90 cm×40 cm);开春后赴遂平县嵖岈山写生,后再赴北京作国画山水作品《嵖岈山人民公社图》(又名《春山向荣》,104 cm×70 cm);4 月,加入中国美术家协会,为河南省首批会员;5 月,赴北京出席全国教育和文化、卫生、体育、新闻方面社会主义建设先进单位和先进工作者代表大会(简称全国文教群英会),被授予全国先进工作者称号;7 月,赴北京出席中国文学艺术工作者第三次代表大会,其间当选中国美术家协会理事。

1960 年秋,河南省政府专作接待外宾用的中州宾馆刚建成,有关领导特请谢瑞阶为宾馆入口大厅画一幅大画。由于当时中共党内刚搞过"反右倾"斗争,还要大张旗鼓地宣传人民公社,而河南遂平县嵖岈山是人民公社的开创地。于是他们要求画嵖岈山公社,谢瑞阶此前曾去过嵖岈山,对那里的风貌有所了解。但他没有按一般宣传画那样直白地宣扬,而是把它画成一幅颇为壮观的山水画,题名为《重峰接天嵖岈山》(约 120 cm× 300 cm)。画中左边是异峰突起,重峦叠嶂的山峰,右边是绿野无际、鸟语花香,颇受外宾的称赞。由于当时中州宾馆不对外开放,外界知此画者不多,可惜此画在"文革"中被毁坏。

华山是画国画山水的人必然关注的地方,谢瑞阶在年轻时就去过。1961年5月,年近60岁的谢瑞阶重登华山,画有很多写生作品,回来后作国画山水作品《华岳仙掌》(120 cm×60 cm),这幅画与40年代画的山水画已很不相同,笔力苍劲老辣得多。

图4.18　晴天彩虹　1961年

1961年6月,三门峡水利枢纽工程已接近完工,谢瑞阶再赴三门峡写生。当时大坝已拦洪蓄水,库内水变清了,河水从泄洪洞中喷出、水花飞溅,在阳光照耀下,水面上形成一条巨大的彩虹,堪称奇景,谢瑞阶依此景创作国画山水《晴天彩虹》(75 cm×100 cm)(图4.18),表现了三门峡大坝放水时的奇景,笔力浑厚、苍劲,比以前更加稳健,另外还有《大坝工程图》等画作;6月为纪念中共建党40周年作国画《松树太阳》,发表于《奔流》杂志7月号封面。

1962年10月,谢瑞阶任院长的郑州艺术学院被省文教主管部门撤销了,部分主要系科并入开封师范学院,其余宣布解散。他奉调任河南省文学艺术界联合会副主席,兼中国美术家协会河南分会主席。本来这种群众团体行业的领导职务是应由行业代表大会选举产生的,但他当时则是由省里党政机关任命的。与在学院当院长相比,在文联有较多的机会和时间去搞创作,但在那时的政治形势下,搞创作也不是很随意的事。

1963年春,在省人民代表大会召开期间,谢瑞阶为著名的劳动模范苏殿选画了一幅国画肖像,幅大74 cm×63 cm,题名为《老劳模苏殿选》(图4.19)。其手法与1954年所《植树能手》有些相似,所不同的是完全不要背景,并突出地表现人物的乐观情绪。这幅画是谢瑞阶最后一幅人物肖像画。

图4.19 老劳模苏殿选 1962年

在创作了一些反映黄河局部面貌的作品以后,谢瑞阶经过慎重考虑决定在原来画黄河的基础上,创作一套全面反映黄河的组画。他曾说:"国画实际上是中国人民的绘画,它的发展要与整个中国文化相适应。"于是这位年过花甲的老人自1963年开始,用了一年多的时间,分多次沿着黄河跑了甘肃、宁夏、内蒙古、陕西、山西、河南、山东等七个省区,直到垦利县黄河入海的地方,对黄河上、中、下游的面貌特征和重点的水利建设有了较全面、清晰的认识,积累了上万份的第一手速写作品和材料,这些资料对研究黄河流域文化具有重要的历史价值。

考察写生期间,谢瑞阶创作了大量作品。《大坝御雄流》(75 cm×100 cm)(图4.20)是其中具有代表性的一件作品,坝埽是一种斜伸入河心的石坝,是黄河特有的防洪工事,多筑在易决口的堤段,暴发洪水时,坝埽前常出现惊险壮观的场面,此幅作品,画面波涛汹涌,蔚为壮观,堤坝耸立其间,将大水之力卸去。

图4.20 大坝御雄流 1963年

除此以外,谢瑞阶还创作有:国画山水《刘家峡》(60 cm×46 cm);《高峡出平湖》(150 cm×200 cm),此地为盐锅峡水电站,画中黄河水因在水库中沉淀变成清水,从大坝上泄下,颇为壮观;《青铜峡》(50 cm×130 cm),与三门峡不同,青铜峡一面是平原,视野开阔,有荒原绿洲的感觉,画上题了一首自作诗:"青铜峡口束黄龙,贺兰山色列翠屏。渠道纵横田似锦,宁夏尽在画图中";《延安水土保持试验站》(55 cm×34 cm),与多数画延安的画不同,这幅作品没有强调延安的"革命圣地"属性,而是突出延安在水土保持方面的业绩。水土保持是治理黄河的根本,此画实为不见黄河的黄河画。

图4.21　蒸蒸日上1964年　北京人民大会堂收藏

1964年春,谢瑞阶在黄河花园口写生后作《运石船》《抛石》《引黄淤灌田》等多幅国画作品。因为流经平原的黄河在构图上是较难处理的,缺少山的竖向支撑,比较平板。但是在《长桥贯华夏》(又称花园口铁路桥)画作中,谢瑞阶用了一段平静的河湾和稍有起伏的邙山头,中间横贯着铁桥的远景,很有水彩画的意味。同年秋天谢瑞阶又到焦作矿区访问,作大幅国画山水作品《蒸蒸日上》(144 cm×287 cm)(图4.21),这幅画本是应省里领导人的要求画的,目的是宣扬河南在工业方面的成就。谢瑞阶没有按多数画煤矿的画那样直白地突出矿井架之类的景物,而是把它处理成一幅山水风景画,峻峭的山峰占据画面的主导地位,把矿区的建筑和人物的活动完全融入大自然的美景中。

此画由北京人民大会堂收藏。

图 4.22　黄河第一座单跨桥　1965 年　中国美术馆收藏

1965 年春,谢瑞阶作大幅国画《黄河第一座单跨桥》(160 cm×210 cm)(图 4.22),此桥在甘肃刘家峡附近,根据速写稿重新构思而成。画中红天、黑桥、黄水交相辉映,很是独特。此画由中国美术馆收藏。

谢瑞阶创作黄河组画的计划,在头一两年还比较顺利,后来由于政治形势有了变化和机关工作的繁杂,创作受到阻碍,在"文革"爆发前夕就不得不停止。1965 年,河南人民出版社准备出版画册《谢瑞阶画集》,画稿已确定,并已印出校样,只待最后印刷。不料因拖延太久,"文革"爆发,未能出版。

1966 年,史无前例的"文化大革命"爆发,谢瑞阶被当作河南美术界的头号"资产阶级学术权威"遭到残酷的批判斗争,几十年辛苦积累的书画资料及作品被洗劫一空,并于 1969 年 67 岁时被强行下放农村接受"改造",进行美术创作的权利完全被剥夺了。这个打击是十分沉重的,但他并没有就此消沉下去,而是坚强地挺过来了。

1971年5月,有关当局告知谢瑞阶审查已结束,结论是"无政治和历史问题"。这年夏天,文化主管部门派人通知谢瑞阶,可以为当年全国美术展览提供候选作品,有五年没有拿过画笔的谢瑞阶十分小心地画了大幅国画山水《中流击水》(120 cm×200 cm,内容与1955年所作《神门放舟》相似),交上之后,未获准送北京参展,原因没有说明。

图4.23　高峡出平湖　1972年

1972年,谢瑞阶获准进入省直机关老干部管理所,生活条件稍有改善。那年是毛泽东视察黄河20周年,黄河水利委员会要举办一个纪念展览会,就邀请谢瑞阶为之作画。谢瑞阶又拿起来搁下多年的画笔,由于手头资料很少,他只得主要靠记忆构思。不久,一幅新的大幅国画山水作品《高峡出平湖》(150 cm×200 cm)(图4.23)画成了,它与1963年所作同名画不同,气魄更加雄伟。

盐锅峡水电站位于黄河上游的兰州附近,它是黄河上第一个完全依靠我国自己的力量建起的大型水电站。它的拦河大坝全长321米,高达55米,它是高位溢洪,滔滔的黄河水从溢洪坝上飞溅而下,成为奇异的人工瀑布,气势雄伟令人神往,在构图上我把大坝和瀑布作主体,上边是平静如镜的水库,下边是奔腾的黄河水,题为《高峡出平湖》。[①]

在当时文艺界"假、大、空"横行的时代,这幅展示大自然美的作品令人耳目一新。此画与1971年所作国画《中流击水》同在当年黄河水利委员会为纪念毛泽东视察黄河20周年举办的展览会上展出,社会反响相当不错,受到好评。谢瑞阶在《说说我这一生》中写道:"据参加过盐锅峡水电站建设的同志们说:'画的很像,就是比真的好看一些。'听了这种反映,我一方面觉得受到了鼓舞,一方面又觉得不应该把自己的创作局限在具体的某一个工程的如实反映上,应该概括进去更多的内容。"[②]这体现出谢瑞阶在不同的创作阶段都有明显的现实针对性,具有强烈的社会意义,他反对为艺术而艺术,是真正从社会生活的最基础开始考虑的。

1972年12月,郑州火车站为迎接重要的外宾而新建了一个外宾接待室,主管布置此接待室的负责人经过慎重的考虑,决定邀请谢瑞阶画一幅黄河。当时谢瑞阶还处在未完全"解放"的状态中,让他为如此重要的场合作画是要冒些政治风险的。年

---

① 谢瑞阶:《说说我这一生(下)》,《中州今古》1994年第6期。
② 同上。

届古稀的谢瑞阶非常感谢他的信任,便欣然接下来这项任务,并为之付出了巨大的心血。

  我想这幅画主要是给外宾看的,应当让外国朋友从画上对黄河新貌有个概括的了解,以增进世界人民和我国人民的友谊。他们要求的画幅比我原来的长得多,我打算把河水延长一些,可是这段河水画成什么样呢?我考虑到,黄河下游的有河堤保护的"悬河"是最有黄河特色的,但黄河的水电站多在中上游,把"悬河"接在水电站下显然是不真实的。如果用上游的窄狭的河身,那又不能突出黄河的特色。后来我想到山西、陕西交界线南段的龙门,黄河流到那里,在山谷里转了几个弯,河床突然变宽,不仅气势雄伟,而且给人豁然开朗、前程无限的感觉,于是我在画水电站下边的河水时,基本上采用了龙门的水势。在河岸的处理上也有一段思考的过程,如果完全采用龙门附近的山景,那虽然真实,但那山太荒凉,反映不出治理黄河的成效,也就不是新黄河了。黄河的危害主要是泥沙多,中游黄土高原的水土流失是黄河含泥沙量大的主要原因,正如民谣所说:"千沟万壑输泥沙,滚滚浊流出山峡,上边冲刷下边淤,水旱灾害祸万家。"因此,制止水土流失是根治黄河的基础。毛主席早就有"必须注意水土保持工作"的指示,中上游人民遵循这一指示坚持不懈,长期治理,已经取得不小的成绩,有些地方已经基本上做到"水不下塬,土不下坡,泥不出沟。"应当把这种新景象画上去,治山治水的项目很多,例如在近山缓坡修水平梯田;在远山陡坡植树种草;在沟壑筑坝淤地;在山川河滩引洪漫地造田等等,我只用梯田,水田,林木来概括它。梯田的样式是参照陕西吴堡县的梯田画的,这个县是治山治水的先进县。在主要内容确定以后,我又在远景上画了一点工厂,近景上添了几个勘探人员,以展示社会主义建设在不断发展。①

按照场地的要求,画幅要求横长在600厘米以上。他还是第一次画这么大的画,在构思上确实下了较多的功夫。最后确定成这样的画面:咆哮的黄河水从左边的水电站上喷射而下,翻起巨大浪花冲向前去,到右边突然向纵深拐去,消失在远方,整个画面气势磅礴、蔚为壮观,用意是以奔腾的黄河来象征中华民族在勇往直前。巨幅国画山水《黄河在前进》(130 cm×620 cm)(图4.24)引起中外贵宾的注目,一时传为佳话。这幅画的成功给谢瑞阶增添了重新站起来的信心,也改变了一些人对他的看法。

图4.24　黄河在前进(局部)　1972年

1973年三四月间,谢瑞阶赴无锡、上海、杭州、黄山等地旅游,沿途写生甚多。而后作太湖、西湖、黄山等风景画数十幅,全是国画,较重要的有《黄山白鳞松》(94 cm×52 cm)、《黄山红杜鹃》(40 cm×22 cm)、《黄山烟雨》(25 cm×37 cm)、《雨后西湖》(26 cm×39 cm)等,他在浅黄色的元书纸上泼墨挥洒,显出非常

---

① 谢瑞阶:《说说我这一生(下)》,《中州今古》1994年第6期。

特殊的效果。这是他晚期在山水画上进行的另一种尝试探索。同年7月,谢瑞阶改画旧作《黄河在前进》(95 cm×179 cm),这幅作品入选10月在北京举办的全国连环画、中国画展览,为此届美展河南唯一入选作品,由中国美术馆收藏;同年,再画《黄河在前进》(与前两幅稍有不同,124 cm×250 cm),此画后由开封博物馆收藏。

1974年,谢瑞阶再画《黄河在前进》(约120 cm×250 cm),由河南人民出版社出版单幅画;5月,赴林县参观写生,后作国画山水《太行深处春意满》(红旗渠,52 cm×74 cm)、《太行石板岩》(23 cm×34 cm)等;同年夏天,应文化主管部门点题要求,作巨幅国画山水《红旗渠迎大地春》(约170 cm×400 cm),画的是红旗渠与英雄渠汇流的景象,一边是红旗渠蜿蜒在陡峭的山体上,一边是被渠水浇灌的良田。不仅气势恢宏,而且景象优美,赏心悦目,观者无不说好。此画准备参加当年的全国美术展览,但未获准送北京参展,其中原因当时没人告知。后来得知,原来是中共河南省委当时主管文教工作的那位领导人出于"政治上的考虑"而不准送展的。此画后在中州宾馆正厅张挂,颇受中外宾客的称赞。

1975年,政治形势有好转,谢瑞阶的外事活动也多起来。他应邀为北京饭店、北京钓鱼台国宾馆及几处驻外大使馆作与《黄河在前进》相似的国画。1976年春天,"四人帮"阴谋掀起"批黑画"的浪潮,点名批判几位为北京饭店作画的著名老画家,其目的是要打击曾经过问过北京饭店布置工作的周恩来总理。此事波及甚广,所幸谢瑞阶的《黄河在前进》未遭厄运。10

月份,"四人帮"被粉碎,"文化大革命"宣告结束。

图 4.25 北戴河海滨 1978 年

1978 年 6 月,中央主管部门组织一批著名老画家赴北戴河游览休养,谢瑞阶也在其中。在那里他得以对海水进行了认真的观察,从而把他原来画浪花的技巧又提高了一步,画中的浪花就更加澎湃壮观。在北戴河游览其间,作国画《北戴河海滨》(65 cm×133 cm)(图 4.25)、《在风浪中》(30 cm×58 cm)、《北戴河海浪》(97 cm×180 cm)等,后者为中国美术馆收藏。

1979 年春季,谢瑞阶被改正后继任河南省文学艺术界联合会副主席,兼中国美术家协会河南分会主席;9 月,河南人民出版社出版单幅画《黄河壶口春雷鸣》(原画题为《黄河壶口北望》1978 年作);10 月,赴北京出席中国文学艺术工作者第四次代表大会,当选为中国文联全国委员会委员、中国美术家协会理事;为北京人民大会堂河南厅作大幅国画山水《黄河春雷鸣》(132 cm×300 cm)(图 4.26)。

1980 年 4 月,谢瑞阶主持组建中国书法家协会河南分会;5 月,出席河南省文学艺术工作者第二次代表大会,当选省文联副主席、中国美术家协会河南分会主席和中国书法家协会河南分会主席；7月，河南省文联、美协河南分会和书协河南分会在省博物馆联合举办"谢瑞阶书画展览"，展出新旧绘画作品114件，书法作品22件；同年，1979年所作国画山水《黄河春雷鸣》（67cm×131cm）入选建国30周年全国美术展览，后由中国美术馆收藏。

图4.26 黄河春雷鸣 局部 1979年 中国美术馆收藏

1981年春，谢瑞阶应邀赴北京藻鉴堂中国画研究院，其间作有国画山水《黄河龙门》（96cm×100cm）等。当时，北京人民大会堂内，有一处专供国家主席接受外国大使递交国书的厅堂，通常称为南接待厅。根据国家领导人的意见，要重新布置。别的物料都顺利解决了，唯独正面墙上的大画没有落实。主管负责人先后跑了好几处有名画家的单位，竟无人愿意承接此任务。这一方面是因为这个厅堂是我们国家的象征，地位极端重要，画幅又特大，难度与风险不言而喻；另一方面，那被更换下的画的作者是一位名气很大的权威画家，多数画家对接此任务都存有心理障碍。后来，主管者想起以画黄河著称的谢瑞阶来，可否请他来画一幅黄河？经咨询研究，有关领导一致同意，但他们得知此时的谢瑞阶已年届八旬就又担心起来。

恰巧，那时谢瑞阶正在北京中国画研究院参加活动，于是主管者就怀着试试看的心态去访问了谢瑞阶。出乎他们的意料，谢瑞阶在看过现场之后竟一口应承下来。有人曾好心劝说他不必去冒此风险，一旦失败，后果难堪。但谢瑞阶心中有数，绝非盲目逞英雄。自1959年画《黄河三门峡》起，经过《黄河在前进》《黄河春雷鸣》等作品的锻炼，他已积累了丰富的画大幅画的经验，笔法技术没有困难，只要能把整体画面构思好就不会失败。经过反复的比较和考虑，他决定仍然以黄河水为主体，采取中国特有的特写组画的形式，用高度概括的手法，精心选取了壶口瀑布、龙门雄姿、中流砥柱和中原大地四个特写画面，集中地表现了大河上下宏伟壮丽的景色，以它来象征我们中华民族一往无前的精神。在左上角以壶口瀑布来表达其高大雄奇，下游用禹门（龙门）景象来展示深远无际，中间部分充分让巨浪翻滚，撞击砥柱石，以求震撼人心的效果。

那年的夏天是特别炎热的，而他在不到一个月的时间里就完成了作品，题名为《大河上下 浩浩长春》（320 cm×680 cm）（图4.27），象征中华民族的坚强性格和伟大的社会主义祖国欣欣向荣、自强不息的革命精神，此画为其平生所作最大者，在艺术上也是代表作。当荣宝斋的裱画师傅在装裱此画时惊奇地发现，这么大的画竟然基本上没有挖补修改的地方，这在大幅国画中是极少见的。有人称此画是社会主义时代山水画的"里程碑"。著名画家关山月曾说："谢瑞阶就是黄河，黄河就是谢瑞阶。"还有人写诗赞曰:"山出黄金水出银,大河上下自长春。丹青独运生花笔,更染姿容一色新。"

图 4.27　大河上下　浩浩长春　1981 年　北京人民大会堂收藏

人民大会堂南接待厅为国家主席接受外国大使递交国书的专用厅堂,当年 10 月 1 日国庆节时,此厅开始启用,所有到这里来的国家领导人和外国贵宾,面对这幅黄河画作无不投以惊叹的目光,受到了中外人士的同声赞叹并纷纷询问其来由。为此,人民大会堂还破例地印发了中外文的介绍文字。随着新闻媒体的报道,这幅黄河画上的巨浪已波及世界各地。

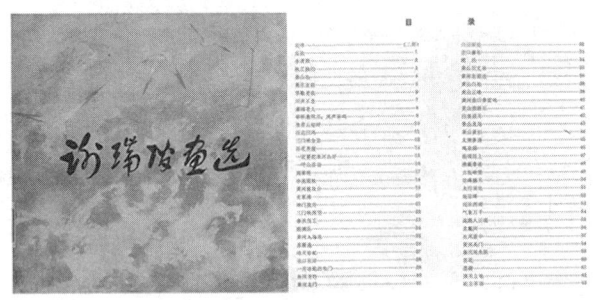

图 4.28　《谢瑞阶画选》　1982 年

1982年10月,中州书画社出版《谢瑞阶画选》(图4.28),选印新旧绘画作品63件。这本画册的出版,带有弥补"文革"前那本未能面世的画册的意味。可惜许多重要的作品被毁,未能收入。

1983年秋,谢瑞阶获准离职休养,正式转入省直机关老干部休养所。应邀为河南省人民会堂外宾接待室作大幅国画山水《中流砥柱》(150 cm×300 cm)。这是谢瑞阶创作的最后一幅大画,画面几乎全是奔腾的黄河水,只有砥柱石屹立在河心。就浪花的气魄来说,绝不在《大河上下 浩浩长春》之下。

1985年元月,谢瑞阶作国画山水《中原拂天晓》(69 cm×138 cm),此画参加当年的全省美术展览。1949年开国时节,谢瑞阶曾作过一首诗:"中原拂天晓,嵩岳起彤云。龙门开伊洛,砥柱垂古今。"此画就是按此诗意构思而成,把中原四景黄河、嵩山、龙门、砥柱石融汇在一起,其用意不仅在于展示中原大地的锦绣风貌,更显露出一种昂扬的人生精神状态。

1991年5月,谢瑞阶在河南省第三次文学艺术界代表大会上卸任河南省文联主席等职,被聘为顾问和河南书法家协会名誉主席。

1992年11月,已经年满九旬的谢瑞阶,视力已很差,且有七年未作过画,但为感谢黄委会对他近四十年的支持,还是拿起了画笔,重画国画山水《黄河入海流》(54 cm×97 cm),参加由黄河水利委员会与中国美术家协会联合举办的黄河画展。这奔流入海的黄河正好表达了这位世纪老人的超凡脱俗的心境。至此,他彻底封笔。

1996年9月,河南美术出版社出版《谢瑞阶书画集》(图4.29),选印绘画作品72件,书法作品21件;11月5日,由中共河南省委宣传部、河南省文联、河南省美术家协会、河南省书法家协会和河南省书画院联合在书画院举办"黄河魂——谢瑞阶书画回顾展暨《谢瑞阶书画集》首发式",展出新旧绘画作品37件,书法作品13件。

图4.29 《谢瑞阶书画集》 1996年

在中国传统绘画领域中,山水画的地位举足轻重。自魏晋南北朝山水画成宗独立以来,大师巨匠,灿若星辰。如唐代的吴道子、王维、李思训父子,五代荆浩、董源,北宋李成、范宽、郭熙,以及元四家、明四家、清四王等不胜枚举,他们或善写长川巨壑、雪麓早行,或精绘平沙落雁、渔舟唱晚,其作品皆令人叹为观止。然而,美术史上真正以画水知名的画家却极少。

黄河,对于任何一个艺术家,都是一个永恒的题材。但自古以来,尽管关于黄河的诗赋字墨众多,绘画名作却极为罕见。"山林、楼观、人物、花木、鸟兽、虫鱼,皆有定形,独水之变不一,画者每难之。"尤其是黄河之水,与传统山水画中的山水相差甚远。"黄河的水含泥沙量是世界第一位……黄河的河床变化也大,有的地方窄狭陡峭,有的地方宽广平坦,在下游还是一个水面高出堤外地面十几公尺的'悬河',这就造成了黄河水独特的流动规律。它的波浪乍看起来就好像是泥塑成的,但是运动感却很强,很不容易画,弄不好,不是画成一般的河水,就是画成泥块块……"①从笔墨技法到画法构思,画家极难逞兴挥洒。在宣纸上创造黄河,成为一种劳苦,一种不亚于黄河纤夫的劳苦。

然而应该强调的是,谢瑞阶成功的决定因素恰恰不止于技巧,而在于他一以贯之的艺术观,在于一位艺术大家的气度,在于他全身心、全方位的积淀,在于艺术家人格力量的蕴蓄和高尚德行的积累。

谢瑞阶之于黄河,黄河之于谢瑞阶,是一种双向的必然选择。

谢瑞阶选择了黄河。当他年逾半百的时候,凭借他的才情和胆识,在长期的创作实践当中完成了拥抱黄河的思想、艺术双重准备。这位河洛之子,前半生屡见河上的水患人祸,后半生欣逢"要把黄河的事情办好"的时代壮举。所以,他用厚重、朴实的画笔为黄河写貌传神,讴歌这条大河,讴歌大河召唤的这些建设者,讴歌大河流经的这个时代,这已是从他生命之根生长出来的强烈愿望。

黄河也选择了谢瑞阶。中央综合治理黄河的规划催生了他的《黄河组画》的计划,"个人小时空"从此融入"世界大时空",一切变得宏大。

---

① 谢瑞阶:《我画黄河》,载中国画研究院编《中国画研究 2》,人民美术出版社,1982,第 42 页。

1955年起,在黄河水利委员会的直接帮助下,谢瑞阶多次深入水利建设工地体验生活,与工人们一起吃饭聊天,一起坐空中吊车过河上班,他在三门峡水电站待得最长,工程的几个主要阶段都亲睹亲历。他与治黄的工人、农民、工程技术人员、干部都有了共同的语言和感情,"我也不由自主地把自己当作一个治黄的职工,感到治黄的一切都与我有关系。20多年来,我虽然不是一直生活在黄河上,但心里却从来没有离开过它"①。1963年,谢瑞阶又风餐露宿,沿河跋涉甘、宁、内蒙古、晋、陕、豫、鲁七省区直至垦利入海口,行程万余公里,系统了解黄河全貌和重点工程,获得了真切的感性理性认识,记录了大量形象素材。然而,十年浩劫将他的宣泄从已不早了的六旬之年又推迟到了更不早了的七旬之年,几十年积累的上万份书画资料和原始速写被洗劫一空;黄泛区西华农场苹果园里,多了一位消瘦的看园子老人……郁积、壅塞更加导致惊涛裂岸。此后,当一幅幅云蒸霞蔚、气吞山河的黄河画卷相继面世,一一展现于首都人民大会堂、钓鱼台国宾馆和郑州火车站、黄河水利展览会的时候,黄河好像已不太惊讶,因为母亲对亲生儿子的作为已视为必然。

画黄河之难,一在河水质感,二在画面布局。谢瑞阶潜心探索,笔墨中揉入西洋焦点透视和明暗处理等技法,画出了黄河水特有的颜色、质量、流速、气势。并且以国画散点透视的构图方式,对河中和两岸的主要景观加以剪裁、拼接、概括,小中见大、

---

① 谢瑞阶:《我画黄河》,载中国画研究院编《中国画研究 2》,人民美术出版社,1982,第42页。

局部中见整体,于尺幅之间凸显黄河的魂魄。他画的黄河一脉千姿,既有沸腾咆哮的威厉,也有一泻千里的壮阔;既有怪石狂涛的惊奇,也有尽收眼底的坦荡。更有《大河上下 浩浩长春》这样的作品,将最具代表性的壶口瀑布、龙门、中流砥柱和中原沃野掬于一幅,满纸雄风猎猎,一派正气铮铮……

面对黄河这样豪放的题材,谢瑞阶以一支严谨、凝重、朴实的画笔展现,作品苍莽浑厚、磅礴不羁、美感强烈、余韵十足。画坛行家十分赞许他的这种"控制",这不仅是一种画风,更是一种人品。他并不缺乏激情,黄河画卷中展示着这位谦谦君子不常外道的一段胸襟,河水是他心中滚烫的热血,河岸是他胸中奇伟的块垒,然而这一切,都被笼罩在一片崇高、静穆、端肃的光芒之下。这光芒来自更广义的一种热爱:热爱祖国,热爱苍生,热爱光明,热爱大自然——黄河已是谢瑞阶的人格化了。

针对谢瑞阶在描绘黄河方面的突出成就,《中国艺术家辞典》对他给予了很高的评价:"他的国画继承了中国传统艺术的精华,创造性地吸取西洋画技法,以传统泼墨,结合西画明暗对比,形成了独特风格。所画黄河尤为特色,气势磅礴,笔力雄健,写貌传神,在中国画苑中独树一帜。"[1]香港《文汇报》马克的《谢瑞阶与黄河》和皖人的《触景说画》两文对谢瑞阶也进行了高度评价。马克说:"他画的《黄河三门峡西望》《中流砥柱》《黄河壶口瀑布》《黄河壶口春雷鸣》《黄河入海流》《黄河在前进》以及

---

[1] 北京语言学院中国艺术家辞典编委会:《中国艺术家辞典》(现代第1分册)湖南人民出版社,1981,第524-525页。

人民大会堂的《大河上下,浩浩长春》等一系列作品,不仅受到广大人民的喜爱,而且以黄河为题的中国画而言,在我国的现代山水画苑中也是独树一帜。"张绍卿在《河南现代美术史》中对谢瑞阶的黄河画进行了总结:"全面描写黄河的多彩丰姿""鲜明的主题和时代精神""中西合璧,独辟蹊径"……这些对谢瑞阶的评价是符合实际的。

用谢瑞阶自己的话说,"我总认为,各种形式的艺术作品都应该是教材。我们常说要'感染'读者,艺术家的功过就在于把读者染成什么颜色。因此,我在选择题材上有两条:一是对整个民族和四化建设的发展有促进作用的,二是我所理解和熟悉的","我们画画不是为了个人出奇制胜,而应该是为了教育人民,鼓舞人民,培养人们的心灵美"。①

谢的一生,由西洋画转到国画,由人物花鸟画转到山水画,最后在以黄河为主题的作品中集中体成出他的风格,这恰如其分地证明了他在艺术上是一位'人民画家'。摈弃传统中国文人画的那种恍惚迷离主题的意趣,他挥笔描绘黄河的景色,并把重点放在河南境内;不用过去中国大师们所喜爱的笔墨游戏与画法,他汲取了许多西洋画法,诸如色彩明暗对比、蓝天白云,刻意描绘浪涛水花,用广阔的水平线、小舟和飞鸟来衬托无际的天空,以加强艺术处理的真实感。尤其重要的是,这种中西结合的方法的目的都是为了描绘他所赞颂的中国和家乡河南的壮丽河山。这是在现政

---

① 王钢:《如坐春风:王钢人物报道集》,河南人民出版社,2003,第8页。

府领导下众多中国画家的永恒主题。然而,在这个发展中,谢绝不步任何画家的后尘亦步亦趋地模仿,他创造了自己的一套体系。他的作品体现了他的理论,展示出他在运用线描和笔墨技巧表现大自然上,以及在国画和西洋画某些技法的结合上已臻于纯熟,做到了意到笔随、诗情画意的境地。因而,作为现代中国最值得重视的画家之一,谢不论在主题上,还是风格和意趣上,都可说是独树一帜,自成一家。①

三、书法创作

谢瑞阶在书法上的成就绝不亚于绘画。他学习书法要比学画早得多,自儿时学识字时就开始了,当然那时不会有什么特别想法和目的,只因这是学童必修课,也就自然要练。

谢瑞阶的父亲谢友三写得一手地道的颜体字,尤其是写《争座位》帖很有独到之处。少年时的谢瑞阶就在父亲的严格要求下学习书法。先学颜真卿、柳公权,继学褚遂良、欧阳询、薛曜、薛稷。为了上学抄书的需要,他还练过王羲之、褚遂良等的行草帖。在有了较为坚实的运笔、结字和布局的基础之后,他又追本溯源,学习了隶书和篆书。传世的汉碑隶帖,他几乎都认真摹写过,这使他的书法有了明显的进步,在同龄人中是很突出的。他的祖父谢凯是位私塾先生,在本县许多地方教过学,颇受尊敬,

---

① 何彧、张海:《黄河魂——谢瑞阶书画评论集》,河南美术出版社,2000,第98-99页。

为表彰他一生的辛劳,亲族们在他去世之后建立了一座碑楼以资纪念,年仅十几岁的谢瑞阶被推举书写碑文。写石碑要用朱墨直接写在碑石上,而且碑大字多,很不易掌握,但他挥毫疾书,一气呵成。浑厚敦实的隶书吸引了四方人士前来观赏,一时传为佳话。

谢瑞阶在19岁离乡外出求学之后,无法继续接受父亲的指导,而他也没有再去投名师学习书法,全靠自己临摹古帖,苦心钻研。有一个时期,他侧重练习草书。由于他的楷、隶基础很扎实,学起草书来比较顺利。他借鉴了一些古人的经验,先临写章草,皇象、索靖、宋克、赵孟頫等书法家著名的章草碑帖他都写得极熟。而后,他又写今草,对张芝、王羲之、王献之、智永、张旭、怀素等名家的草帖都下过非常的功夫。在30年代初,他由画西洋画转向画中国画时,为了提高线描的技巧,还特意练习了宋徽宗赵佶的瘦金书。他虽然十分认真地学习古人,但并没有亦步亦趋地单纯摹写前人作品,而是大胆地

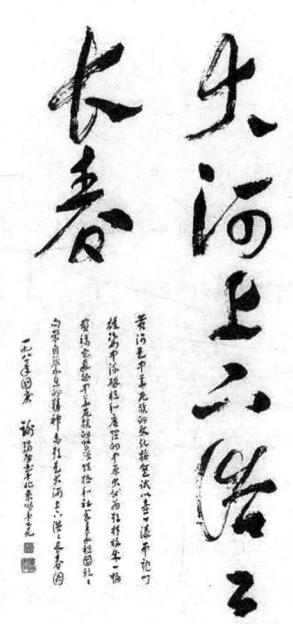

图4.30 大河上下 浩浩长春
题词 1981年

走自己的路，无拘无束地按自己的思想、情感和境界去自由发展。

此后，谢瑞阶开始主写章草，他的章草是融会多家而自成风格的。早期较清秀潇洒，而后日渐苍劲奔放，与他那气势宏伟的绘画相得益彰。章草始于秦汉年间，是由隶书的简捷写法发展演变而成的，是隶书草化或兼隶、草于一体的一种书体，也可以说章草是草书中带有隶书笔意的一种书体。章草的书体特点是字字独立，不似今草字字纽结纠缠。它的笔画特点圆转如篆，点捺如隶。一字之内笔画间有牵丝萦带、缠绵连接，笔画的粗细轻重变化较大，有些横画往往写成隶书捺脚状向右上方重笔挑出，纯似隶书收笔。用谢瑞阶自己的话来说：章草书体比较古雅厚重，结体朴实，行笔规范，布局整齐，加之保持波磔，注重用点，字字区别，字字独立，观之赏心悦目，所以虽活泼不如今草，但很为世人看重。章草这种古朴厚重的特性正如谢瑞阶的人生写照。

虽然早在20世纪30年代谢瑞阶的书法就已相当成熟，但他出于自己的信念，只将书法作为题画和教学之用，不愿作商业性书法作品，也从未以书法家的名义或以书法作品参与任何社会活动。因此，他的书法作品大多只在亲朋好友和学生中间流传，直到80年代他担任中国书法家协会理事和书协河南分会主席以后才较多地参与社会性的书法活动。但这也只局限在书协活动范围之内，没有个人营利性的活动。

谢瑞阶的一手章草仙风道骨，冠绝一时，笔底恭谨瘦劲，从无戏墨。谢瑞阶受儿时仿写本上的格言"心正则笔正"的影响甚大，因此他十分重视书者的品德修养和书法作品的品格。他认为只有培养出高尚的道德品质和正派的书写气质，才能使书法达到高雅脱俗的境地。而书法作品也应当给人以高尚的陶冶,观之令人忘却恶念,激发人们努力向上,为社会进步而奋斗的思想。这就是他常讲的"立品",书坛后学们已能耳熟能详:"这里所说的品,既指人品,又指书品。书家,应有高尚的道德品质,正派的书写气质。所谓的书品气派,就是指书法作品应该让人看后得到的感染是良好的、愉悦的、纯洁的,即作品气质庄重而不轻薄,高尚而不放荡,以功力制胜而不哗众取宠;所谓人品高尚,即做人不搞江湖那一套,相反,应体现出质朴端庄的思想情操。"①在立品的前提下,他还主张书者要"立志、立学"。"立志"是指学书者要树立远大的志向,要

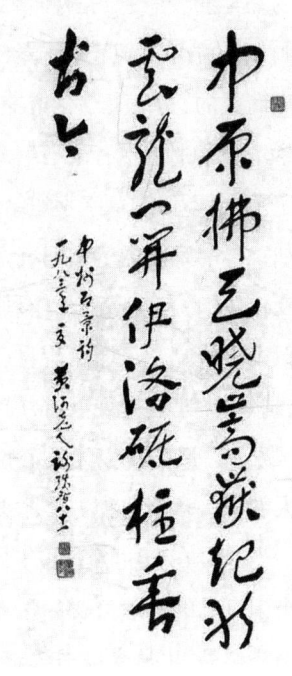

图4.31　自作《中州即景》诗
1983年

有高尚的追求,使写来的作品寄寓着高尚纯洁的思想情操,给人以积极向上的美的享受。"立学"指的则是确立刻苦认真的学习精神和学习风气。学书者要虚心地、诚恳地、刻苦地学习,向古人学习、向现代人学习、向专家学习、向群众学习,甚至要向

---

① 王钢:《如坐春风:王钢人物报道集》,河南人民出版社,2003,第8页。

儿童学习；另外还要向大自然学习，从大自然的千姿百态和无穷的变化中寻找借鉴。这就是谢瑞阶所说的"书法三立"问题。"三立"之中，立品很重要，是达到"三立"的根本所在，对此谢瑞阶曾写过一首口诀式的打油诗："书画筑基贵立品，立志立学尽在人。本固枝荣方结果，弄虚作假徒劳心。"

对于学习书法的技术性问题，谢瑞阶也有自己的体会，他把其归纳为八句口诀：形神兼备，用笔用墨，结构布局，临摹正规，纸有生熟，书体不一，从一到多，万法归一。

具体来讲，他认为书家写出的字，不仅应外形美观，更需神韵感人，书法作品必须做到形神兼备，才算是完整的艺术品；笔墨的运用，是书法艺术最基础和最重要的基本功，书家行笔方法和感情流露能够达到高度和谐统一的原因就是要靠坚实的书法功底和真挚的感情流露才能实现；书法上所说的结构布局，指的就是构图，一个字中的每一画，不可任意乱写，一幅书法作品中的每一个字，同样不能随心所欲，而应经过认真考虑，讲究一下行距字距（即分行布白），构思是静，运笔是动，动静结合是一种生理与心理上的调节，好的

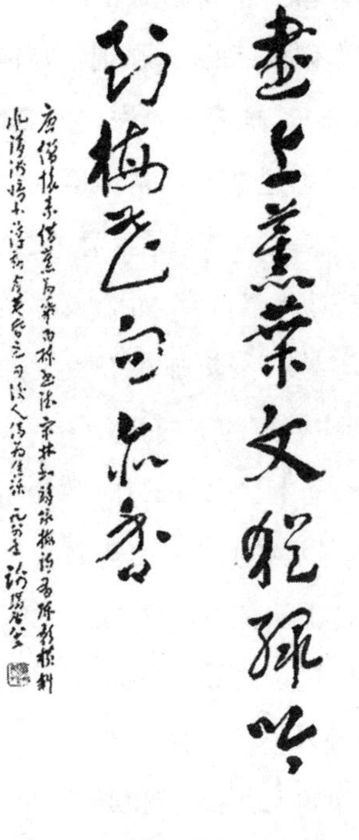

图 4.32 前人联句 1984 年

书家写出的字,看起来既均衡统一,又富于变化;学习书法像学习其他艺术一样,也存在一个继承和借鉴问题,临摹就是学习传统和借鉴前人的一种方法。对于八句口诀后四句谢瑞阶的解释是:其一,书法成就的大小,除了文化艺术素养好坏,练字功夫深浅以外,还同个人的经历见识、个人经受的磨炼、个人的生活体验等有很大关系;其二,创作风格,需要在练习时从一到多,从约到博,不要局限在一家、一种书体;其三,学习书法,像干其他事业一样,不付出艰苦的劳动,就难获得丰硕的成果。

谢瑞阶的书法成就不仅在作品方面,还体现在育人方面。1983年在郑州市"园丁"书法展览开幕式上讲话时曾谈到书法艺术在学校中的重要性,他说道:"当你执笔的时候,把精神集中到一个笔尖上,写着有意义的文辞,这时候就不允许你想黑暗,不允许你想坏事,久而久之就提高了思想情操和精神境界……你思考某一个问题时,要静,精神要统一,而书法是最静的,是最好的统一……书法对社会、对群众、对儿童教育、对个人都是有好处的,而且好处很多,没有什么害处……教师在黑板上的板书,也应严肃认真地书写,写好无形中就成为美的教育……你写的字好,又是格言,感染力强,在社会上起到很好的作用,使不好的人受到感染教育变好了,这些就是无限生命。作为教育工作者,责任重大,本身是教育者,又通过书法艺术教育人,自己又得到情趣和享受,又创造了无限生命。这是何等的幸福,何等的功劳啊!"由此可见,谢瑞阶是把书法融入了教书育人之中。

不只在书法育人方面,在养生问题上,谢瑞阶也颇有自己的心得。1987年,谢瑞阶在河南省老干部大学讲课时曾谈到书法与养生的问题,他讲道:"我以为,日常生活经常抽时间坚持搞一搞书法、绘画之类的文化娱乐活动,正是可以使人实现这种协调一致以达到养生目的的有效途径。而从这两种活动的独立性、伸缩性,以及彼此要求具备的客观条件(如器具、材料、场所)来看,搞书法比较简便自如,对于老年人来说更为适应。生活实践证明,书法艺术对于人的健康长寿的确有一定作用。历代著名书法家的年龄情况,就可说是一个很好的例证。历史上有句俗话,叫作'人活七十古来稀',而历代书法家却有很多活了七八十甚至八九十岁的高龄……这是因为,一个人在执笔写字时,不仅要站好或坐正姿势,要全力以赴挥毫书写,而且要集中思想,要意念专注于此。也就是说,要想把字写好,一方面是身有动作,口诵其词,肌体上受到锻炼,另一方面不仅要思想高度集中,而且要随之动一番脑筋,妄念、烦恼便被排除。加之书法练习是一种艺术追求,性情可受到陶冶,精神可获得享受,因而有益身心健康,对养生大有好处……"[①]谢瑞阶谈到书法与养生的关系时不仅仅表达的是对身心的颐养,更是提高到了人生境界,他继而说道:"学习书法艺术对于协调人的生理和心理有一定的作用。但老年人学书法的目的,决不能单单是为了延年益寿,而是要借此丰富自己的文化生活,寻求一种高尚的精神寄托,一条有益于身心健康的养生之路,以便更好地度好余生,继续为国家为人民做出贡献……一个人生存的价值应该是什么?我认为,任

[①] 中国人民政治协商会议巩义市委员会文史资料研究委员会编《巩义市文史资料》第11辑,1992,第103-104页。

何人都是同他人、同社会共相依存的。社会给予人赖以生存的条件,人也必须对社会做出有益的贡献。这样,活得才有价值,才能以其有限生命(即人的肌体由生到死的那段时间)结束之后,使其无限生命(即人死后他对社会对后世继续发生作用的思想、品德、发明、创造、著书、事业等所留下的名声和影响)继续放射光彩……"[1]

对于书画艺术的继承和发展问题,一直是书画学术界议论的"热点",并且流派甚多,众说纷纭。而谢瑞阶对这个问题还是按自己的认识,用他习惯的简单明了的语言来阐发。他说:"继承是我们的权利,发展是我们的义务;继承是手段,发展方是目的;只有继承才能发展,只有发展继承才有意义;在学习前人的传统时一定要老老实实、认认真真,来不得半点偷懒取巧,而在运用传统进行创作时则一定不可太'老实',必须挖空心思刻意求新。"

谢瑞阶在1980年主持组建了中国书法家协会河南分会,并担任主席至1991年卸任。在此期间,他丝毫没有利用工作职务之便,为自己捞取声誉和财物上的好处,他把工作的重点放在培养提携中青年书者和干部上。事无巨细,他都放心地让中青年去做,对于各种书体流派也都平等对待,支持其"百花齐放"。

他的书法作品参加过全国第一、二、三、四、五届书法展。1983年10月,中国书法家协会在中国美术馆举办全国70岁以

---

[1] 中国人民政治协商会议巩义市委员会文史资料研究委员会编《巩义市文史资料》第11辑,1992,第106页。

上老书法家作品展览,展出谢瑞阶作品10幅。1984年2月,谢瑞阶主持"中原书法大赛"活动;4月,应日本书道联盟的邀请,以书法家身份参加中国书法家代表团访问日本,该团团长是中国书法家协会主席舒同,为当时中国书法界最高规格的代表团,受到日本书法界人士的热烈欢迎。他的书法作品曾两次在日本东京、大阪等地展出。1985年9月,谢瑞阶主持河南国际书法展览。1986年11月,河南中青年书法家15人《墨海弄潮展》在北京举行,谢瑞阶亲自带队,并作前言,向社会推荐,为他们铺设道路,此事在书法界可谓创举,有不俗的反响。在不长的几年时间里,一批原来名不见经传的河南中青年书法家脱颖而出,在我国书坛崭露头角,从而使河南书协的工作水平迅速跃居全国先进行列,追寻个中因由,是与谢瑞阶这种高瞻远瞩的眼光和无私的胸怀大有关系的。

为了表彰他在书法艺术上的造诣和工作上的贡献,1987年10月,85岁的谢瑞阶被授予中国书法家协会河南分会首届"龙门奖"中的"大师奖",成为河南第一位获得"大师"称号的书法家。

作为新时期河南书坛的奠基人,从指导思想到具体活动,谢瑞阶排除许多干扰,始终不渝地维护书法艺术的独立性、纯洁性,坚持把河南省的专业书画机构"办成北京的同仁堂",使书协工作一开始就形成了规范的运作模式。短短十年中,面向全省、全国的书法函授院,书法奖励基金和多次书法大赛大展,声势之壮,实力之强,使有关人士惊叹"河南书协就像书法界的深圳"迅速崛起,由原先的中下游跃居全国前列。

1991年11月,河南省书协第二次会员大会结束时,谢瑞阶作为名誉主席,语重心长提出四句话共勉:"事业效果的继续,社会关系的依存,智慧开发的创造,克服困难的毅力。"他还在纸上盖上一方印文赠给大家:"诗文莫为钓名饵,书画羞作敲门砖。"亦谆谆告诫年轻人:"艺术不宜有丝毫尘浊,一时为名利,作品则必庸俗……"

四、诗文创作

谢瑞阶的品格、气质和精神不仅仅体现在艺术作品方面,在他的诗文中亦体现出不同凡响的造诣。

谢瑞阶的家庭,虽然也曾有十八亩田地,但人丁单弱,亲属中三室寡居,他自幼便强烈感受到封建社会的黑暗和对妇女的欺凌,感情倾向基本上属于被压迫劳动阶层。他要自立,要自信,要反对压迫,要挣脱一切封建锁链勇往直前。在《捕萤图》中,他题道:"只要是光明,哪怕是一点萤火,抓得住就不要放松,积少成多,终可成为火炬。"这种对光明的向往,对火炬终将取得的信心,使人感受到他那燃烧着的内心。

谢瑞阶并不是诗人,他的诗作大多是信手而书或顺口溜成,不甚重视格律和修饰,其目的除题画外,也就是自娱而已。然而,他的一些篇章却在他的学生中不胫而走,转抄流传。今收录由其子谢奇园搜集选编其题画诗、打油诗及题词对联等33首[①],略加注释,按年代排列,纵跨七十余年,虽为一鳞半爪,却也在一

---

① 原文载于何彧、张海:《黄河魂——谢瑞阶书画评论集》,河南美术出版社,1999,第222-232页。

些方面反映出作者的思想、品质、境界和风貌,就算是为读者提供一些线索吧。

秋 夜(1920年)

邻家秋夜闻砧杵,[1]古庙书声出短墙。[2]

遥想影事春水照,又恐风来化渺茫。

注:1.作者故居邻家常在矿石上捶布。

2.作者故乡,村小学设在古庙内。

书画自戒(1926年)

青春虚度苦乐梦,白首空惭啼笑间。

诗文休为钓名饵,书画莫作敲门砖。

注:作者初入社会,有感于书画界某些状况,书此以自戒。

教师自勉(1926年)

教书教人传正道,深入浅出条理分。

言简意赅莫啰唆,以身作则惜寸阴。

注:作者此年下决心不做职业画家,选定教师为终身职业,特作此诗以自勉。

题油画人物《瓜农》(1931年)

苦尽甜来果如是,辛勤滋味有谁知?

挥汗独坐绿荫下,瓜到熟时破衫湿。

1931年,家居开封。夏日,有同乡瓜农李冬至送西瓜来,其人忠厚勤劳,印象颇深,特作油画肖像并题诗,以作纪念。

题国画人物《草鞋老农》(1931年)

自己要走自己路,扎紧鞋带莫迟误。

种瓜种豆各有得,何必依样画葫芦!

题国画人物《朗吟飞过洞庭湖》(1935年)

独踏青霄望八都,墨云散尽月轮孤。

茫茫大地人无数,几个男儿是丈夫?

注:画中人物为一呐喊奔跑的老人,画题及题诗为摘录前人诗句。作者原学西洋画,后又自学中国画,此画入选当年全国美术展览。

山 居(1942年)

茅屋数椽竹篱绕,

山径崎岖宾客少。

门前青山隐隐,

墙外绿水滔滔。

闷时漫步行吟,

闲来登高长啸。

春花开得早,

夏蝉枝头闹,

霜叶醉红秋来了,

白雪飞絮冬又到。

屈指人生容易老,

展眉笑看日月小。

一霎时,只留得两袖清风,

一枕黄粱,伴随着炊烟袅袅。

默默无语问青天,

何时晓?何时晓!

1942年,抗日战争期间,随学校迁至内乡县夏馆镇,因地处后方偏僻山区,相对平静,闲时作长短句以纪实况。

题国画人物《捕萤图》(1942年)

萤光一点明,抓住不放松。

积少以成多,火炬大地生。

注:只要是光明,哪怕是一点萤火,抓得住就不要放松,积少成多,终可成为火炬。作者在山区生活时,见少子将捕来的萤火虫装入南瓜花内玩耍,有感而作此画并题诗。画中画的是一壮汉手执芭蕉扇,张臂追逐一萤火虫。

毛林沟山中行(1945年)

手结茅屋芳草坡,鸟语花香共唱和。

闲寻曲径通幽处,归来迷路忍饥渴。

注:1945年春,作者暂住深山小村毛林沟,虽生活十分艰苦,但有入世外桃源之感。一日登山写生,归来迷路,因有此诗。

中州即景(1949年)

中原拂天晓,嵩岳起彤云。

龙门开伊洛,砥柱垂古今。

注:1949年10月,作者有感于新中国诞生而作此诗。

题国画《黄河青铜峡》(1963年)

青铜峡口束黄龙,贺兰山色列翠屏。

渠道纵横田似锦,宁夏尽在画图中。

注:作者以画黄河著称。自1955年起多次到黄河深入生活。1963年沿大河上下跑了七个省区,行程二万余里。在宁夏观青铜峡新貌,有感而作画并题诗。

怀念周恩来总理(1976年)

掀天揭地建勋功,如临深渊履薄冰。

精金美玉立人品,不经烈火难有成。

回想"文革"偶感(1978年)

道路本崎岖,岂能无悲伤!

悲伤何所补,大度与宽肠。

注:作者在"文革"中遭际甚惨,但过后对个人得失却不甚计较。

题国画《井冈山方竹》(1978年)

梦求方竹四十年,井冈得来岂偶然。

多少英雄洒血处,高节凌云护青山。

注:作者四十年前曾从书中得知竹有方形奇种,北方已绝迹,唯南方尚有稀存,是年赴井冈山游览,意外得见,不胜感慨,后作画并题诗。

上水船(1978年)

斜阳篷底一望开,波推金光万道来。

直似船在天上坐,顿觉此身到莲台。

注:作者从井冈山归来到九江,乘船至武汉,在船上有此诗作。

八十述怀(1982年)

八十愧无能,依依怀晚晴。

每念及岁老,斟酌度余生。

窗明几且净,笔砚杂书丛。

闷时偶开卷,默读懒出声。

会心重佳句,乘兴画古松。

鸡鸣而起舞,以防病魔攻。

淡泊衣食住,夜眠梦转清。

莫作自缚茧,刹那方寸轻。

大题小做三字谣(1982年)

说世界 观宇宙[1] 称万有 亦不够

无终始 无内外 强立名 为世界

从古今 到未来 六方合[2] 成住坏[3]

总而言 皆时空 条件齐 依存生

生而灭 灭而生 铁规律 改不成

有物质 与生命 一曰器 二曰情[4]

此二者 是内容 如流水 流不穷

细观察 心地明 善运用 得和平

注:1.世界,古称宇宙;世、宙,表示时间;界、宇,表示空间。

2.六合,指天地四方。

3.成住坏,佛家把万物存在的形式和过程概括为"成、住、坏、空"。

4.器,指物质;情,指精神。

题郑州黄河游览区开襟亭对联(1982年)

到此极目空阔,携来大量肥沃能源,造良田无际,哺育中华民族;

起程细流清浅,经历多少曲折艰险,汇百川于一,联谊世界嘉宾。

离休(1983年)

机缘成熟得离休,坐看彩云任悠悠。

漫理思绪就经纬,无挂无碍展眉头。

自嘲(1984年)

老翁离休喜清闲,少露头面莫谈钱。

一念追到桶脱底,[1] 才知半瞎是良缘。[2]

注:1.桶脱底,佛语,比喻人的思想就像桶中水,稍受外力即会波澜起伏,直到桶脱底水流空才会彻底平静。

2. 作者青年时,读书用功过度,左眼患病至盲终身,但此灾难却激励了他以后奋发图强。

访日三首(1984年)

(一)心潮

穿云渡海结深交,心潮高比浙江潮。

人地两似曾相识,樱花笑我唤碧桃。[1]

(二)春风

身临东海叹观止,未登富士愧胜游。

风来樱花迎客舞,春入好鸟学人言。[2]

(三)谢山本良子[3]

连日殷勤扶老翁,老翁无计答深情。

信笔漫书半张纸,泼墨聊表一片诚。

1984年4月,随中国书法家代表团访问日本,受到日方书道界人士友好热情接待,口占偶句,以志感谢。

注:1. 樱花与我国碧桃同属蔷薇科,外形有些相似。

2. 借成句"春入鸟能言",虽悖韵而不可改。

3. 日方接待者中有一位山本良子女士,举止文雅,言语得体,有大家风范,对作者照顾特别周到。

揽镜自嘲(1985年)

揽镜自笑白发稀,几根高来几根低。

长短不齐无心理,一任东风吹向西。

书画三立(1986年)

书画筑基贵立品,立志立学尽在人。

本固枝荣方结果,弄虚作假徒劳心。

注：是年河南省书画院成立，作者书写此诗作赠言。

偶感(1986年)

世态炎凉自古有，人情厚薄何时无？

历史巧拨铁算盘，只是加减与乘除。

冒雨游长江葛洲坝三首(1986年)

（一）

一坝束大江，三峡走长廊。

昔日号天险，今朝变沧桑。

（二）

细雨烟波画中游，不费笔墨纸外求。

莫道人生如逝水，迁流本来无尽头。

（三）

天险谁掌握？大气吞巨流。

万事在人为，无畏何所求。

为巩义市成立题词(1991年)

巩固既成业，再图未就功。

义内求财富，先存道德心。

回乡偶书(1991年)

五四运动离故乡，九十归来满头霜。

刮目笑看新生事，频向老幼说短长。

借古喻今怀故乡(1993年)

相传图书出河洛，[1]登临邙山眼界阔。

融会贯通恩泽远，饮水思源福惠多。

迁流不息无终始，因缘和合创新作。

群贤毕至论古今,振衣高唱正气歌。

注:1.传说伏羲氏时,有龙马从黄河出现,背负"河图",有神龟从洛水出现,背负"洛书",伏羲据此"图""书"画成八卦。作者故乡巩义市康店乡焦湾村就在洛河边上,且距两河交汇处仅二十余里。

喜闻香港回归(1997年)

喜闻香港众望归,乐见大道眼界宽。

弹指岁月成过去,事在人为看今天。

第五章　黄河赤子之心

　　谢瑞阶,一位跋涉了将近整个世纪的著名教育家、画家、书法家,他用自己的行动与实践向世人呈现了具有高尚品质的知识分子典范形象,并将自己的一生献给艺术与教育事业,他用自己的艺术创作去鼓舞人们奋发向上、积极进取,用教育引导学生树立正确的人生观、价值观、世界观。作为五四运动以来中国新绘画的较早的参与研习者,他是河南第一批走出去接受新艺术思想中重要的一员;同时,作为河南新美术、书法创作、艺术教育事业的奠基人,谢瑞阶波澜起伏近一个世纪的生命旅程,本身就是一部河南乃至中国现代美术发展史的缩影。回过头去俯瞰谢老的生命旅程,才发现他作为一个知识分子的攀登坎坷而漫长。"过来的路愈走愈险,命运一次比一次严酷,直至只在他眼前残留一片昏花;过来的路也愈走愈宽,命运一次比一次慈祥,直至已让他心中盛满一派澄澈。只因为是一直向着光明攀登,他才能够以风骨,以品格,以气度,以灵魂,在高高的峰顶站成一个强者。"[①]

　　从小接受封建教育的谢瑞阶,在父亲与学校教师的教导下,

[①] 王钢:《大河赤子——记知识分子的杰出典范》,载何彧、张海:《黄河魂——谢瑞阶书画评论集》,河南美术出版社,1994,第23页。

就牢记"人要生存,就必须自食其力;而要自食其力,就必须有一技之长"。在接触到马克思主义理论以后,更加确认了这一点,并且明确这一技之长必须是对人民、对社会有利的,这也成为他在后来事业上的基本原则。1919年受五四运动新思想的影响,17岁的谢瑞阶在父亲的支持下学习种桑养蚕技术;少年时期左眼失明迫使他放弃学蚕桑改学写字画画,将艺术作为自己的一技之长,不论学习什么,他都刻苦努力,用心研学,这也使得他在艺术上取得了一定的成就。在书法上,谢瑞阶的一手章草仙风道骨,冠绝一时,参加过全国第一、二、三、四、五届书法展,1984年还曾随中国最高规格的书法家代表团出访东瀛。他笔底恭谨瘦劲,从无戏墨,平淡质朴是他的主要特色,并且提到"用书法艺术来熏陶社会主义的高尚情操"。在绘画上,他多从美术作品的社会功能出发,经常考虑到作品的认识价值和教育价值,重视艺术的教育功能、认识功能,坚持艺术为人民服务、为社会主义服务的方向,主张寓教于乐,发挥艺术鼓舞人民奋发向上精神的作用,他以西画入门,沿袭其母校上海美专开创的一代以西画素描改良中国画之风,中西结合,古为今用,其绘画艺术以西方美术技法为主,融汇传统笔墨功夫,独树一帜。在进行黄河题材的绘画时,他将中国山水画传统技法与西方绘画的透视、明暗相结合,绘制了山水画史上黄河题材的杰出作品。在教育上,画家、书法家、教师这些身份里,他始终承认自己是一名教师,认为教师是很光荣的职业,对待学生他以身作则、言传身教,桃李满天下,是全省乃至全国德高望重的教育家。每一种身份下,他都始终立足于人民、立足于社会、立足于对中华民族的情感,真正做到将自己的一技之长奉献给社会。

因画黄河,谢瑞阶被誉为"黄河老人",他对黄河始终魂牵梦绕。"黄河水那气派恢宏的声势,黄土地那古朴苍莽的意象,黄河人那纯朴浑厚的热情,令谢瑞阶耳热心跳。这位喝黄河水长大的黄河之子,对黄河的风韵、黄河的风范有独到的感受。谢瑞阶深知,黄河——这条被称为母亲河的亚洲第三大内陆河,数千年来以其雄浑、悲壮、不屈不挠的形象已经成为中华民族的象征。"[1]谢瑞阶对黄河的热情源自他个人的品格、源自他的人生经历,他的生活几乎经过了一个完整的二十世纪。封建社会时期,他在家庭与社会的影响下目睹了旧制度的黑暗;战争时期,经历日本帝国主义侵略中国的种种暴行;新中国成立后,他感受到了广大人民群众的生活热情,看到了在中国共产党的领导下社会一片欣欣向荣的景象。在这样的时代背景下,他情不自禁地用自己的画笔讴歌黄河、高唱时代赞歌:"新中国成立后,我满怀激情用绘画来歌颂党所领导的土地改革和翻身农民的喜悦……看到这种史无前例的丰功伟绩,我抑制不住内心的激动,想用画笔画出黄河的新面貌。"[2]

1952年10月30日,毛主席视察了黄河,并发出"要把黄河的事情办好"的伟大号召,1955年国务院又制定了综合治理黄河的规划。在这样的规划与治黄取得的丰功伟绩下,他拿起画

---

[1] 张啸东:《从绘画艺术暨章草书创作的文化构成看谢瑞阶》,载何彧、张海:《黄河魂——谢瑞阶书画评论集》,河南美术出版社,1994,第167页。

[2] 中国人民政治协商会议巩义市委员会文史资料研究委员会编《巩义市文史资料》第11辑,1992,第19页。

笔将自己的艺术创作转向了黄河,开始深入水利建设工地体验生活,并与工人一起吃饭、工作,他被治黄工人的朝气蓬勃以及大无畏的革命精神感染,把自己也当作一位治黄的职工,决心画好黄河,为根治黄河做出一份贡献;为搜集绘画素材,谢瑞阶沿河跋涉甘、宁、内蒙古、晋、陕、豫、鲁七省区直至垦利入海口,行程万余公里,系统了解了黄河全貌和重点工程,获得了真切的感性理性认识。他常说艺术要深入生活,"绘画上,其他艺术上都说要反映生活,那么对客观现象不了解,也就是你没见过,你去说就说不成,画也画不成……"[①]。所以在作品中我们就能够体会到他对生活、对治黄职工工作细致入微的观察。

黄河水运动感强,用传统中国画技法不容易表现,黄河流域的山也因水土流失而形成了变化万端的千沟万壑,地势独特。谢瑞阶经过长时间的实地写生考察才掌握画黄河水的规律,并且在意识到技术层面的问题时,他尝试将中西方画法结合,不单在主题思想上力求达到革命的社会效果,在技术上也是刻苦钻研、精益求精。"谢瑞阶对于技法形式的取舍运用,其原则是要符合中国人的审美习惯,人民群众的审美习惯,一位国外研究艺术史的教授评论他:他总是反复强调中国艺术的民族特色:'国画实际上是中国人民的绘画,它的发展要与整个中国文化相适应。'按照他的看法,国画由于其民族传统的特点,它必须遵循现

---

① 中国人民政治协商会议巩义市委员会文史资料研究委员会编《巩义市文史资料》第11辑,1992,第139页。

实主义,换句话说,国画必须立足于客观现实。"①

他深入生活,饱含对黄河的深切感情,力求真实呈现黄河的壮阔与庄严,他认为:表现黄河,就不能仅仅表现黄河的民俗风情、自然面貌,更应当捕捉"黄河魂",体现时代精神和民族气派,但他不将自己的高昂激情流露于表面,而以一种严谨、凝重、朴实的笔法描绘。他并不缺乏激情,黄河画卷中展示着这位谦谦君子未曾言及的一段胸襟,河水是他心中滚烫的热血,河岸是他胸中奇崛的块垒,然而这一切,都被笼罩在一片崇高、静穆、端肃的光芒之下。这光芒来自更广义的一种热爱,热爱祖国,热爱苍生,热爱光明,热爱大自然——黄河已是谢瑞阶的人格化了。"画坛行家十分赞许画家的这种'控制',这不仅是一种画风,更是一种人品。"②

是的,画品如人品,黄河题材的中国画创作是谢瑞阶在艺术上标志性的成果。但谢瑞阶画黄河不是为了个人出奇制胜,而是为了教育人民、鼓舞人民,培养人们的心灵美,希望通过画黄河激起人们热爱黄河、热爱祖国的热情。他的作品始终突出民族性、人民性,也牢记艺术作品必须考虑民族习惯和社会主义利益的初衷。因对黄河、对祖国的这份热情,他全身心投入进行创作,谢瑞阶的作品苍莽浑厚、磅礴不羁、美感强烈、余韵十足,充满生命力并且充满对大自然的歌颂,从中可以感受到这位艺

---

① 李刚田:《传统精华与时代精神的结合——谢瑞阶文艺思想初探》,载何彧、张海:《黄河魂——谢瑞阶书画评论集》,河南美术出版社,1994,第37页。

② 王钢:《大河赤子——记知识分子的杰出典范》,载何彧、张海:《黄河魂——谢瑞阶书画评论集》,河南美术出版社,1994,第16页。

家的乐观、正直、热情与严谨,他将自己谦和、低调的品格与含蓄、内敛的情感都透过画面展现了出来。除了黄河题材本身具有的感染力外,主要是作为艺术家的谢瑞阶人格魅力与艺术魅力的完美显现,这是从他作品中传达出来的力量,也是他对待人生、对待生活的态度。

谢瑞阶非常注重个人道德品行的修养,认为个人的品行高于艺术创作,只有具有高尚的人格才能创作出高格调的艺术作品,只有人格高尚艺术才能高尚,这就是他的艺术观。"谢瑞阶深受传统文化的熏陶,从孔子的依于仁、游于艺的思想开始,中国文人一直把'德'放在首位,同时他又是一位新时代的文艺家、教育家。这种首重人格修养的思想,可以说是传承文化与时代精神的自然契合。"[1]并且他始终将人格培养作为教育的首位,这也成为他选择教育事业的主要原因。谢瑞阶认为书法可以来熏陶社会主义的高尚情操,对于群众有示范作用;书法是脑力和体力统一的活动,可以修身养性,对于人的健康长寿有一定作用;书法又是最好的休息,是在高尚的活动中提高情操并得到一种休息。他将书法与育人相结合,认为教师在黑板上的板书,也应严肃认真地书写,写好无形中就成为美的教育,你歪歪扭扭地写,对儿童的影响就很不好。练习书法时,他将"心正则笔正"作为自己的格言,力求心无旁骛,先正己而后正人,1981年河南书协成立时,谢瑞阶作了一首《三立》诗:

---

[1] 李刚田:《传统精华与时代精神的结合——谢瑞阶文艺思想初探》,载何彧、张海:《黄河魂——谢瑞阶书画评论集》,河南美术出版社,1994,第29页。

书画筑基贵立品,立志立学尽在人。

本固枝荣方结果,弄虚作假徒劳心。

诗中包含"立品、立志、立学",他将立品作为第一要素,可见谢瑞阶对个人品格的注重。谢瑞阶还主张学书要树立远大的志向,有高尚的追求;要有刻苦认真的学习精神和学习风气,要虚心地、诚恳地向古人学习,向现代人学习,向专家学习,向群众甚至儿童学习,还要向自然学习。后来这"三立"成为河南书法界的座右铭。

在谢瑞阶看来每个人都是平凡、平等的,每个人的职业只是分工不同,没有高下之分,没有什么可自满的,也没有什么可自卑的,但重要的是要做对社会有用的人。在郑州大学的一次讲演中他也是这样告诉学生的,并且说道:"要锻炼耐压力,耐压力有两种:一种是生理上的耐压,一种是思想上的耐压。遇到困难的时候,要做一下认真的分析。生病也好,失败也好,不要垂头丧气。沉浮也是如此,成功与失败、沉与浮是存在于人类社会中的规律,明白这一点,我们就不会垂头丧气。"可以说谢瑞阶的教诲对于当今的大学生以及社会各阶层的人都颇有益处。

1924年,他在面临职业抉择时选择了教师,与做一名画家相比,他认为作一幅画,不如培养一个人,何况这个人还可以再培养更多的人。面对军阀、地主的虚荣心,他重气节,不愿为五斗米折腰,而更愿意为教育、为学生服务,培养下一代,继而去影响更多的人;在生活中,他质朴、节俭,不囿于物质,追求精神生活的高度,热爱生活、深入生活,从生活中汲取创作灵感,通过自己的艺术创作表现生活、讴歌生活;对待生命,他追求精神的生命境界,并且多次提到:人的生命可以分为有限生命和无限生命,我们要用有限生命创造无限生命,用物质的生命创造精神的生命,用自己的有限生命创造社会的无限生命,创造有利于人民的事业。什么是无限生命?比如写张很好的字,画张很好的画,做件很好的事⋯⋯这种无限生命在谢瑞阶身上就体现为他在艺术上的造诣以及作为一名教育者对社会的贡献。作为一名艺术创造者,谢瑞阶倾尽有限的生命去投入艺术创造,从中他得到了无限的生命。"生命力在他的艺术中表现为两个方面,一方面他通过自己的艺术作品使人们从审美上得到愉悦,通过作品去净化社会,为真、善、美唱赞歌,激励人们生命力的焕发,这是艺术品本身以及艺术的社会作用、历史作用对有限生命的无限延长;另一方面,在书面创作中,从立意、收集素材、构思、创作的过程中,在那全神贯注、心无旁骛之中得到的身心愉悦,处于'物我皆忘'中身体所得到的自然和谐,这是艺术创作过程对有限生命产生的精神作用。"[①]

作为一名教育者,谢瑞阶始终把育人放在根本地位,同时又严格要求自己,真正做到了言传身教。他追求成为一个自食其力、不剥削别人,还要造福于别人的正直的人,他认为当教师必须慎重,任何言行都要有选择,不苟且,勿对青年、对别人产生丝毫不良影响,用自己的力量,在前进中为人类幸福和社会发展奠基,这就是他做教师和教育的基本点。只有自己具有高尚的人

[①] 李刚田:《传统精华与时代精神的结合——谢瑞阶文艺思想初探》,载何彧、张海:《黄河魂——谢瑞阶书画评论集》,河南美术出版社,1994,第55页。

格,才能以这人格的力量去教育人、感染人,这就是他的教育观。他说:"我教学生,不能光教写字画画,还要教学生应该走什么路,成什么人,总之'教书要教人'。因为书是叫人学的,如果人教不好,学了书还会起坏作用。当教师言传身教很重要,不能光动嘴。不以身作则,就没有威信,学生就不听你的。"①

在旧社会,求学与生活是非常困难的,尤其是对于女性来说。由于自身的家庭环境影响,谢瑞阶知道在旧社会制度下女性遭受的苦难与不公。1935年受学生邀请,他替《河南民国日报》下的专栏"妇女周刊"画了很出色的刊头,并且向学生娓娓而谈妇女解放的道理,建议要号召妇女"自立、自重、自强",不可靠别人的恩赐,要自己解放自己,可见当时他对妇女解放运动的支持。在北仓女子中学任教时,每当学生走出校园,他一再告诉同学们:"女孩子得到学习机会不容易,你们要珍惜自己的时光,努力奋起,做有益于国家的人,永远保持我们北仓女中的勤俭、朴素、勤奋学习的女子校风,为女界争光。"②

在老师的影响下,这些学生谨记教诲,在各自的岗位上发光发热。经过半个多世纪的时间,这些学生有的已年过古稀,但在老师面前他们依旧是学生模样。在一次与学生的相会中,学生们围坐在老师面前互相交谈,听老师讲授自己在工作、为人、言行等方面的总结,并将"刚健、笃实、辉光"这六字总结赠予学生们,告诉他们不论是做人还是画画,都要立得正,站得住,要实实

---

① 谢瑞阶:《我要给同学们再上一课》,载巩县志编纂委总编辑室,《巩县文史资料　第八辑》,1983,第2页。
② 曾克主编:《春华秋实　续集》,北京日报出版社,1989,第75页。

在在,厚道待人,要光明正大做人,胸怀坦荡。谈及学生的教育工作,他告诉在教师岗位上的学生们:"我认为,尊师爱生,基础是爱生。老师不爱学生,学生也就不会尊敬老师;作为教师,要爱你所从事的事业,爱你所教的学生。"①他也是这样践行的,学生将他看作自己的亲人,与老师在一起就像在家里一样不受拘束。在谢瑞阶的学生身上,我们可以看到作为一名教育者对学生的深远影响,他们在各自的岗位上践行着老师的教诲,将谢瑞阶的精神传承了下去……

在谢瑞阶友人及学生的回忆文章里,我们看到的是一位平易近人、亲切和蔼的艺术家和教师形象。在谢瑞阶八十大寿的时候,曾经的几代学生要为他祝寿,他坚决拒绝,最后在公园的草地上,他以"老师"的身份给满头白发的"学生"们又上一课,度过了愉快的生日。在同学们为谢瑞阶写的生日祝词中回忆到谢老师带着学生们去写生、春游的情景以及在战火年代里,谢瑞阶与学校命运共始终的举动,又写道:

> 您疾恶如仇的好思想影响着我们,
> 您蔑视权贵的高尚品德熏陶着我们。
> …………
> 只要是您的学生,
> 无论谁,无论在哪个工作岗位上,
> 都是兢兢业业的工作骨干,
> 也是踏踏实实做人的典范,

---

① 曾克主编《春华秋实　续集》,北京日报出版社,1989,第78页。

她们没有辜负党的培育和您的教诲。①

他用自己的言行影响着同学们!为人正直、谦逊低调、热爱祖国、热爱生活这些都是他的优良品质,也正因如此,他才能够引领同学们的学习与生活方向,带领他们走在人生正确的道路上。当学生回忆起他时,仍然记得老师是如何教育他们学习,教会他们怎样做人,做胸怀坦荡有志气的人,仍然记得老师的谆谆教诲,并时时鼓舞同学们前进。

谢瑞阶是中国现当代著名画家、教育家,是平易近人的艺术家,是刚正不阿的典范。新中国成立前,他的画笔就一直是属于人民的,是为真理正义而战斗的,他说:"我在选择题材上有两条:一是对整个民族和四化建设的发展有促进作用的,二是我所理解和熟悉的。"新中国成立后,他选择了黄河题材,更是将自己对新中国真挚深厚的情感融入画中。他的画作始终围绕着这种情感,绘画的取材、构思、技巧表现都立足于一个"情"字,他画中流砥柱之石,认为这是人类向强大的自然斗争时所表现出来的那种坚强不屈的精神的象征,是为了表达自己崇敬中华民族不屈不挠精神的感情。他通过充满活力的画面,给人以振奋;画《瓜农》是为表现勤苦耐劳的我国人民在苦难的深渊中奋力挣扎、自强不息的顽强精神,对于学生们的教导也是强调这种自强不息、自力更生的精神,这更是中华民族的优良品德;在抗战时期作得一首题画诗《草鞋老农》:"自己要走自己路,扎紧鞋带莫

---

① 姚琳:《祝词》,载何彧、张海:《黄河魂——谢瑞阶书画评论集》,河南美术出版社,1994,第215-216页。

迟误。种瓜种豆各有得，何必依样画葫芦！"不仅是对中国选择发展道路的看法，更是对自己人生道路的规划，也是对学生们选择自己人生道路的指导。不论是艺术创作还是教育，谢瑞阶始终保持对生活的乐观，为人处世的正直态度，勤勉诚恳的创作热情，他的精神不仅影响了一代又一代的学生，更加深了人民对这位艺术家、教育家的认识。

　　当时间的指针飞转至20世纪90年代时，这位历经风雨沧桑的老党员、老艺术家，已90多岁高龄了。除每天有规律地安排自身的生活外，老人的精力几乎全放在了对社会一代新人的培育上。"活着，就要创造。眼看不清，写不成了，但我还能说……我坚信'以掌击海水，微波可以及全海'。"[①]老人以自己的模范言行影响着社会上的学生们。

　　故乡的巨变，人民生活水平的提高，都使这位深深眷恋着故土，深深热爱着故乡人民的老人喜悦之情溢于言表。"只有社会主义能够救中国，只有中国特色的社会主义理论能够富中国"是他坚定的信念。当他听到家乡有的产品信誉不太好的消息时，心里很不平静，老人不顾高龄和仅有的右眼也几乎失明的状况，在巩义建市之际精心为父老乡亲构思了一副平头对联，"巩固既成业，再图未就功；义内求财富，先存道德心。"诚心希望乡亲们要有自尊、自爱和自强精神，"君子爱财取之有道"，要为巩义争光。

　　1993年3月28日，在中国人民政治协商会议巩义市委员会

[①] 王钢：《如坐春风：王钢人物报道集》，河南人民出版社，2003，第2页

的七届一次全会上,全市的175名委员向全市的75万父老乡亲发出了"向谢瑞阶学习,为巩义市争光"的倡议。提出了学习他那坚定的社会主义信念,学习他那以勤劳为基石,遇挫不息,老骥伏枥,志在千里的奋斗精神,造就一代四有新人,为巩义市的双文明建设创造一个良好的社会环境,为建设有中国特色的社会主义做出较大的贡献。

委员们的倡议得到了广大干部群众的一致赞同和支持,大家说这个典型选得好。谢瑞阶撰写的两万册的忆述录,被人们当作珍宝如饥似渴地读起来。市内广播、电视、报社等新闻媒介甚至各单位的黑板报也对学习谢瑞阶进行了宣传,精神文明建设的春风正吹拂在巩义市城市、乡村、机关、学校及乡亲们的心坎上……

谢瑞阶生于斯、长于斯的这片古老的土地,总面积不过1043平方公里。如今的巩义市,正是在物质文明取得了显著成绩之后,为了实现在更高层次上的迈进,以故土成长起来的儿子谢瑞阶的那种德高识深的精神为楷模,以期在两个文明建设中取得新的成绩。

当谢瑞阶听说家乡黄河与洛河交汇处的经济开发和发展旅游业的构思在逐步实现时,心中激动不已。当时,他刚刚出院不久,就一手拿放大镜,一手挥笔写下了《借古喻今怀故乡》:

相传图书出河洛,
登临邙山眼界阔。
融会贯通恩泽远,
饮水思源福惠多。

> 迁流不息无终始,
> 因缘和合创新作,
> 群贤毕至论今古,
> 振衣高唱正气歌。

"物华天宝,人杰地灵",河洛在孕育远古华夏文化的同时,又孕育了人类无数杰出的人物。这里曾是一代诗圣杜甫的故乡,这里也是新中国老一代知识分子的优秀代表——谢瑞阶生长的地方。2000年,这位对祖国、对家乡一片赤诚之心的艺术家、教育家走完了他的人生。谢瑞阶,一个充盈着黄河的气质、黄河的品格的人,他让巩义市骄傲,让河南人自豪。

黄河若有知,也要为这黄河赤子唱起最美丽、最动听的歌……

附录:谢瑞阶主要艺术作品年表

1924 年 油画风景写生《洛河早晨》(29 cm×30 cm)。

1925 年 油画花卉写生《凤尾兰》(57 cm×47 cm)。

1926 年 油画人物《北仓女中学生校外读书图》等。在开封刷绒街河南省图书馆临水楼举办个人画展,展出油画、水彩画和素描等三十余件,大部分是写生画,小部分是临摹西洋名画。

1928 年 油画人物《慈母手中线》。

1929 年 油画人物《母婴图》。

1930 年 油画肖像《少妇》(60 cm×40 cm)。

1931 年 油画人物《瓜农》(曾题名《苦尽甜来》,92 cm×61 cm);《老农》(52 cm×40 cm);铅笔淡彩风景画《华岳五峰》等。

1932 年 油画花卉《芍药花》(47 cm×58 cm)。

1934 年 油画风景《泰山松》(56 cm×44 cm)。

1935 年 国画人物《朗吟飞过洞庭湖》(130 cm×65 cm),入选在南京举办的全国美术展览。

1936 年 国画青绿山水《嵩岳草堂图》(98 cm×34 cm),上题:"重游少林白马地,南觅卢鸿旧草堂。";国画人物《目送飞鸿》。

1942年 国画人物《风声泉鸣》(84 cm×32 cm)、《举杯邀明月》(78 cm×28 cm)、《坐看云起时》(124 cm×51 cm)等。

1945年 国画多幅,较重要者有人物《扑萤图》(140 cm×45 cm)、《秋江独钓》(82 cm×31 cm)、《松下老人》(89 cm×37 cm)。

1946年 国画人物《灌叟》(148 cm×80 cm)。国画青绿山水《子声丁丁》(136 cm×32 cm)等。在开封徐府街一座机关礼堂内举办个人画展,展出近几年作品五十余幅,全是国画,人物、山水、花卉、鸟虫均有。

1947年 国画人物《饮水思源》等。

1948年 国画山水人物《一呼山岳动》(116 cm×66 cm)。

1949年 油画《毛泽东肖像》(约 130 cm×90 cm)。国画人物《草鞋老农》(昂首远眺的老人),题词"展望前途",此题词后被裁去,1980年补题自作诗一首:"自己要走自己路,扎紧鞋带莫迟误。种瓜种豆各有得,何必依样画葫芦。"(102 cm×80 cm)。国画新人物《修电线工人》(70 cm×60 cm),题词:"创造光明,照灭了人间的黑暗。"

1951年 油画《修水库的人们》(60 cm×150 cm)、油画《鲁迅肖像》(约 130 cm×90 cm)等。

1953年 国画人物《屈子行吟图》(162 cm×100 cm);油画《保

尔·柯察金像》(约 120 cm×80 cm);国画山水人《一定要把淮河修好》(89 cm×53 cm);国画《日以继夜》、《崇峰插天际》等。

1954 年 国画新人物《植树能手》(100 cm×90 cm)。

1955 年 国画人物《鲁迅像》(112 cm×60 cm);国画新人物《植树能手》(1954 年作)和旧作国画山水《一呼山岳动》(1948 年作)入选在北京举办的全国美术展览。油画《黄河三门峡全景》(38 cm×182 cm)。国画《神门放舟》(70 cm×100 cm,此画首发于《人民画报》)。国画《中流砥柱》(127 cm×68 cm)。国画《黄河三门峡地质勘探图》(61 cm×177 cm,此画在参加第二届全国国画展览后由中国美术馆收藏)等。

1956 年 为纪念鲁迅诞生 75 周年和逝世 20 周年再作国画《鲁迅像》(117 cm×60 cm)。

1957 年 出版单幅油画《黄河三门峡全景》(1955 年作)。

1958 年 国画人物《大家争着送公粮》。

1959 年 国画山水《神门放舟》由人民美术出版社出版单幅画。国画人物《杜甫像》(170 cm×90 cm)。重画 1935 年所作国画人物《朗吟飞过洞庭湖》,改题名为《勇往直前》(约 170 cm×90 cm)。国画新人物《无脚拖拉机手》(120 cm×50 cm,此画有不相同的 2 幅)。出版《谢瑞阶三门峡写生集》,油画、国画和水彩画等 29 幅。为北京人民大会堂河南厅作大幅国画《黄河三门峡》(145 cm×360 cm),此画为其50年代画黄河的代表作。

1960年 国画人物《大地春光》(90 cm×40 cm)。国画山水《嵝岈山人民公社图》(又名《春山向荣》,104 cm×70 cm)。大幅国画山水《重峰接天嵝岈山》(约120 cm×300 cm)。

1961年 国画山水《一片红旗上山来》(47 cm×107 cm)、《华岳仙掌》(120 cm×60 cm)、《晴天彩虹》(75 cm×100 cm)、《大坝工程图》等。国画《松树太阳》,发表于《奔流》杂志7月号封面。

1962年 国画山水《春汛筏工》(130 cm×65 cm)。

1963年 国画新人物《老劳模苏殿选》(74 cm×63 cm)。国画山水《黄河入海流》(38 cm×64 cm)、《大坝御雄流》(75 cm×100 cm)等。国画山水《刘家峡》(60 cm×46 cm)、《高峡出平湖》(150 cm×200 cm)、《青铜峡》(50 cm×130 cm)、《延安水土保持试验站》(55 cm×34 cm)等。

1964年 国画《长桥贯华夏》《运石船》《抛石》《引黄淤灌田》等。大幅国画山水《蒸蒸日上》(144 cm×287 cm),此画藏北京人民大会堂。

1965年 大幅国画《黄河第一座单跨桥》(160 cm×210 cm)。此画由中国美术馆收藏。

1971年 大幅国画山水《中流击水》(内容与1955年所作《神

门放舟》相似,120 cm×200 cm)。

1972年 大幅国画山水《高峡出平湖》(与1963年所作同名画不同,130 cm×200 cm)。为郑州火车站外宾接待室作巨幅国画山水《黄河在前进》(130 cm×620 cm)。

1973年 《黄山白鳞松》(94 cm×52 cm)、《黄山红杜鹃》(40 cm×22 cm)、《黄山烟雨》(25 cm×37 cm)、《雨后西湖》(26 cm×39 cm)等。改画《黄河在前进》(95 cm×179 cm),入选10月在北京举办的全国连环画、中国画展览。为此届美展河南唯一入选作品。此画由中国美术馆收藏。再画《黄河在前进》(与前两幅稍有不同,124 cm×250 cm),此画后由开封博物馆收藏。

1974年 再画《黄河在前进》(约120 cm×250 cm)由河南人民出版社出版单幅画。国画山水《太行深处春意满》(52 cm×74 cm)、《太行石板岩》(23 cm×34 cm)等。巨幅国画山水《红旗渠迎大地春》(约170 cm×400 cm)。

1975年 为北京饭店、北京钓鱼台国宾馆及几处驻外大使馆作与《黄河在前进》相似的国画。

1977年 国画山水《中流击水》(23 cm×49 cm,与1971年所作同名画不同)。

1978年 国画《北戴河海滨》(65 cm×133 cm)、《在风浪中》(30 cm×58 cm)、《北戴河海浪》(97 cm×180 cm)等,后者为中国美术馆收藏。国画多幅,较为重要的有

《黄河壶口瀑布》(38 cm×64 cm)、《黄河壶口北望》(39 cm×64 cm)、《黄河壶口东岸》(38 cm×64 cm)、《黄河禹门口》(38 cm×64 cm)、《黄河龙门左岸》(38 cm×64 cm)、《石栈连云》(69 cm×64 cm)、《黄河源头》(23 cm×134 cm)。国画花卉《井冈山方竹》2幅(一幅 120 cm×57 cm;一幅 57 cm×109 cm)。

1979年 出版单幅画《黄河壶口春雷鸣》(原画题为《壶口北望》1978年作)。为北京人民大会堂河南厅作大幅国画山水《黄河春雷鸣》(132 cm×300 cm)。国画山水《黄河壶口春雷鸣》(67 cm×131 cm)。

1980年 7月,河南省文联、美协河南分会和书协河南分会在省博物馆联合举办"谢瑞阶书画展览",展出新旧绘画作品 114件,书法作品 22件。1979年所作国画山水《黄河壶口春雷鸣》(67 cm×131 cm),入选建国 30周年全国美术展览,后由中国美术馆收藏。

1981年 国画山水《黄河龙门》(96 cm×100 cm)等。为北京人民大会堂南接待厅创作巨幅国画山水《大河上下,浩浩长春》(320 cm×680 cm),为其平生所作最大者,在艺术上也是代表作。

1982年 出版《谢瑞阶画选》,选印新旧绘画作品 62件。

1983年 为河南省人民会堂外宾接待室作大幅国画山水《中流砥柱》(150 cm×300 cm)。

1985年 国画山水《中原拂天晓》(69 cm×138 cm),此画参加当年的全省美术展览。

1987年 获中国书法家协会河南分会首届"龙门奖"中的"大师奖"。

1992年 重画国画山水《黄河入海流》(54 cm×97 cm)。

1994年 出版《谢瑞阶书画集》,选印绘画作品72件,书法作品21件。11月5日,由中共河南省委宣传部、河南省文联、河南省美术家协会、河南省书法家协会和河南省书画院联合在书画院举办"黄河魂——谢瑞阶书画回顾展暨《谢瑞阶书画集》首发式",展出新旧绘画作品37件,书法作品13件。

后　　记

在搜集资料的过程中，惠于河南大学美术学院院长席卫权教授的指引，我去拜访了美院的老前辈宋惠民老师和赵舟进老师。在拜访过程中，二位长者均给予了大力的帮助，尽可能地提供了一些相关信息和资料，在此表示诚挚的感谢！在撰写的过程中，我的研究生史珂和李皓翰同学亦协助做了不少查询及整理工作，在此一并谢过！

谢瑞阶作为河南省艺术发展的奠基人之一，不仅培养了诸多优秀的学生和后人，亦对河南乃至全国的美术事业和艺术教育事业做出了卓越贡献。他的生平简介被选入《中国艺术家辞典》《中国当代国画家辞典》《中国当代书法家辞典》《中国美术家人名辞典》等书中，这几部词典都对他给予很高的评价，称他为我国"著名国画家、书法家、教育家"。在研究谢老资料的过程中深深地感受到，为人师者不仅仅是"解惑"，更需要"正品"，无论是教育还是艺术创作，都应根植、服务于人民，扎实地做好精神文明建设的"领航者"……

姜春辉